# 방과 후, 이세계 카페에서 커피를 3

Have a cup of coffee at the Cafe
in Fantasy World, after school.

**카자미도리** 지음

**u스케** 일러스트

**이진주** 옮김

# 목차

# 프롤로그

갑작스레 폭발음이 일었다. 반사적으로 어깨가 흠칫 떨리는 바람에 닦고 있던 잔이 손에서 미끄러져 떨어졌다.

"앗, 이런."

나는 재빨리 손을 뻗었다. 하지만 잔은 손가락 끝에만 간신히 스쳤다.

구할 수 없던 잔이 바닥으로 끌려가는 것이 무척이나 느리게 보였다. 잔은 바닥에 충돌했고 파쇄음이 울렸다. 잔이었던 물건은 산산조각 난 유리 파편으로 변했다.

"어이쿠쿠. 다친 곳은 없느냐, 유우."

카운터 석에서 손으로 턱을 괸 채로 고르 할아버지가 말했다.

"괜찮아요. 그런데 뭐였을까요, 방금 그 폭발음."

"글쎄다."

고르 할아버지는 관심 없다는 듯이 하품을 했다.

거리 전체에 울려 퍼지는 것 같은 커다란 소리가 났는데도, 이 사람은 눈썹 하나 까딱하지 않고 신경을 쓰는 기색도 보이지 않았다.

"하지만 거리 한복판에서 뭔가 터졌다면 큰일이잖아요."

내가 그렇게 말하자 고르 할아버지는 오른손으로 손사래를 쳤다.

"폭발 따윈 언제든 일어날 수 있겠지. 그럴 때마다 소란을 떨어서야 몸도 정신도 피곤해지니라."

그런가. 이 세계에서는 뭐든지 폭발하는 모양이다.

나는 몇 년 전, 우연한 기회에 이세계라 부를 법한 이곳에 왔다. 문화도, 생활하는 사람도 내가 갖고 있던 기준에서 크게 벗어나 있었다.

덕분에, 이렇게 카페를 경영하고는 있지만 지금도 손님과 대화가 어긋난다거나 해서 별난 사람이라고 불리는 일도 많았다.

……하고 쉽게 납득할 뻔 했지만, 그런 일은 있어서는 안 될 일이었다.

"보통은 폭발 같은 거 쉽게 하지 않는다고요. 만약 그렇다면 언제나 위험물에 둘러싸여 사는 거잖아요."

마술이라는 신비로운 기술이 생활에 침투해 있는 세계이긴 했지만, 설마 수시로 폭발이 일어나지는 않으리라.

나는 창고에서 빗자루와 쓰레받기를 가져와서 바닥에 흩어진 유리조각들을 정성스럽게 쓸어 모았다. 마술이 아무리 보급돼있다고 해도, 깨진 유리는 원래대로 되돌릴 수 없었다. 유리로 만들어진 잔은 가격이 비싸건만, 나는 대체 이것을 누구 탓으로 돌리면 될까. 폭발음의 원인에 불평 한 마디라도 해주고 싶은 기분이었다.

그러나 그렇게 커다란 폭발음은 태어나서 지금까지 들어본 적이 없었다. 무슨 일이 일어난 것일까. 거대한 빌딩을 폭파 해체하는 것도 아닐 테고, 상상도 되질 않았다.

“으으음. 불안해.”

“저 정도의 소리라면 대단한 일도 아닐 게다.”

내 혼잣말을 듣고, 고르 할아버지가 나른하다는 듯이 중얼거렸다.

카운터 위에서 턱을 괸 자세는 변함이 없었다. 턱을 괴지 않은 반대쪽 손은 새끼손가락을 뻗어서 귓구멍을 파고 있었다. 잠시 후, 손가락을 꺼내 손가락 끝을 훅 하고 불었다. 그 움직임의 사소한 부분에마저 권태로움이 따라다녔다.

고르 할아버지는 비일상적인 일이라면 사족을 못 쓰는 사람이었다. 평온한 거리에서 폭발 같은 것이 일어났다면, 신바람이 나서 소동을 확인하러 갔을 터였다.

그런데, 지금은 어떤가.

폭발 같은 것은 자주 있는 일이라고 말하며 의자에 칠칠치 못하게 앉아서 귀를 후비고 있다니! 혹시 이 사람은 가짜 고르 할아버지인 게 아닐까 하는 의심이 들 정도였다.

“……기운이 없으시네요.”

“요즘 바빠서 말이다. 이 할아버지는 죽을 것 같다. 나이를 먹으면 체력도 기력도 떨어진다더니, 그 말이 맞나 보구나.”

고르 할아버지가 정확히 몇 살인지는 알 길이 없었지만, 그런 것을 이제야 깨달은 것일까. 오히려, 지금까지 느낀 적이 없던 건가?

“체력도 기력도 없는데 아침부터 우리 가게에 오신 건가요? 그것도 오늘은 정기 휴일인데요.”

정기 휴일이란 즉, 내게는 소중한 휴일이란 뜻이었다. 그러나 고르 할아버지는 전혀 신경 쓰는 기색도 없었다.

“달리 차분하게 지낼 곳이 없느니라. 설마 유우여. 이 가련한 늙은이에게 정기 휴일이니 나가라고 말할 생각인 게냐……?”

고르 할아버지는 얼굴 앞에서 두 손을 맞잡고 기도하듯이 나를 바라보았다. 하얀 눈썹 밑에서 눈물에 젖어 빛나는 눈은 아무리 조심스럽게 말해도 기분이 나쁘다고 밖에 할 수 없었다.

“말하지 않을 테니까, 그거 관둬주시겠어요?”

“뭐냐. 모처럼 귀엽게 부탁을 했건만.”

“그런 건 바라지 않으니까요.”

의심한 내가 잘못이었다. 이건 틀림없이 진짜 고르 할아버지였다.

나는 한숨을 내쉬며 시선을 창밖으로 향했다. 언제나처럼 길을 걸어가는 사람들이 보였다. 평소와 조금 다른 점을 굳이 든다면, 그 사람들의 수가 평소 보아 익숙한 그것보다 많다는 점 정도이리라.

요 근래, 이 도시는 한층 더 북적거렸다. 모험가가 늘어난 것인지, 나다니는 사람이 늘어난 것인지는 알 수 없었지만, 어쨌든 사람이 많았다. 매일 주말의 번화가 같았다.

그런 많은 사람들의 일부가 어떤 지점에서 멈춰 서서 같은 방향을 올려다보고 있었다. 손가락으로 가리키거나 누군가에게 손짓을 하거나 하면서.

평소와는 명백히 다른 그 모습이 신경이 쓰여 나는 빠른 걸음으로 가게 밖으로 나가보았다. 방금 전에 들린 폭발음과 무슨 관계가 있는 건가, 하고 생각한 것이다.

거리는 시끌벅적했다. 여기저기에서 소란스러운 목소리가 모여, 커다란 파도가 되어 내 귀에 밀려들어왔다. 너나 할 것 없이 사방에서 뭔가에 대해 이야기하고 있어서, 그 파도 속에서 의미가 있는 말을 알아듣는 것은 어려웠다.

나는 귀를 기울이던 것을 멈추고 사람들이 올려다보며 가리키는 쪽을 쳐다보았다.

"우왓."

한 눈에도 여기 모인 사람들이 소란을 피우는 이유를 알 수 있었다.

나란히 줄지어 서듯이 저 멀리끼리 뻗어나간 건물의 그 지붕 건너편에서 한 가닥 검은 연기가 여름의 청명한 하늘로 올라가고 있었다. 뭔가가 타고 있는 것일까.

나는 연기가 나는 곳을 응시했다. 하지만 건물에 가로막혀 여기서는 아무리 노력해도 어디서 불이 났는지 보이지 않았다.

저쪽은 분명히, 중심구 쪽이 아니었던가. 도시의 중심에는 여러 가지 중요한 시설들이 모여 있었다. 시청 비슷한 것이라든가 경찰서 비슷한 것이라든가 병원이라든가.

폭발음에 검은 연기. 그것이 학원 가까이에서 일어났을지도 모른다고 생각하니, 갑자기 걱정이 피어올랐다. 학원에는 지인이 여럿 있다.

잠깐 학원에 상황을 보러 갈까. 그런 생각도 했지만, 점차 사람들로 메워지고 있는 길을 보고 나는 그 자리에 멈춰 섰다.

바깥의 소동이 신경 쓰여서 가게나 숙소에서 나온 것이리라. 방금 전보다 인파는 밀도가 높아졌고, 지금도 그 수가 계속 늘어나고 있었다. 내게는 사람의 벽이라고 해야 할 그 속을 누비고 갈 용기는 없었다. 나는 포기하고 가게로 돌아가기로 했다.

"큰일 났어요. 중심구 쪽에서 연기가 나고 있어요."

가게로 돌아온 나는 그렇게 고르 할아버지에게 보고했다. 그러나 고르 할아버지는 카운터에 엎드린 채로 꼼짝도 하지 않았다.

"그러냐. 중심구란 말이지. 그렇다면 걱정 없을 게다."

"괜찮다니, 폭발음 뒤에 연기까지 나고 있다고요. 화재라든가 그런 큰일일지도 모르잖아요."

그러나 불안감과 초조함에서 비롯된 내 말에도 고르 할아버지는 여유 있는 태도를 무너뜨리지 않았다.

"중심구에는 중요한 기관들이 모여 있다. 그만큼 대책은 확실히 세워놓았느니라. 건조물에는 내화 마법각인도 새겨져있고, 마술결계도 걸려있다. 우수한 인재도 모여 있으니 화재든 뭐든 금방 진정될 게다."

"아아. 그런 건가요."

고르 할아버지가 온화한 어조로 그렇게 말하는 것을 듣고, 나의 침착함이 되돌아와서 불안이나 걱정도 작아졌다. 이것이 경험의 힘이라는 것일까. 본받고 싶어졌다.

"뭐, 큰일이었다면 바로 내게 연락이 오도록 돼 있느니. 약간의 소동이라면 가희가 내방할 때를 위한 예행 연습으로 딱 좋을 게다."

도시의 중대사에 가장 먼저 연락이 오는 고르 할아버지는 대체 뭐 하는 사람일까. 새삼스럽게 그렇게 생각하면서 나는 들어본 적이 없는 단어에 고개를 갸우뚱했다.

"가희가 오나요?"

내가 그렇게 묻자, 고르 할아버지는 한쪽 눈을 뜨고는 나를 쳐다보았다.

"변함없이 유우는 세상물정에 어둡구나. 여기저기에서 화제가 되고 있지 않느냐."

"글쎄요. 요즘 좀 바빠서요."

장사가 안 되다 못해 날마다 파리가 날리던 우리 가게에 최근 들어 왜인지 손님이 늘어났다. 종업원이 나밖에 없었기 때문에 손님이 늘어나면 금세 손이 미치지 못하게 된다. 덕분에 단골들과 느긋하게 이야기할 여유도 없었다.

"그래서, 가희가 뭔가요?"

"문자 그대로이니라. 이 나라에 다섯 명밖에 없는 가희 중 두 명이 이 도시에 오느니라."

가희란 존재가 있다니, 처음 듣는 소리였다. 가희가 이 도시에 온다는 건, 다시 말해 아이돌 콘서트 투어 같은 것일까.

"그 두 사람이 가장 오래된 가희와 가장 새로운 가희라서 말이다. 그것이 또 민중의 흥미를 끌고 있느니라. 덕분에 왜 이 도시의 인구가 한층 늘어나지 않았더냐."

"아, 사람이 묘하게 많다고 생각했더니, 그걸 보려는 사람들이었나요. 하지만 그 가희란 사람들, 언제 오는 건가요?"

"대략 석 달 뒤 정도이려나."

나는 너무 기가 막혀서 입을 닫을 수 없었다.

"……석 달 뒤에 오는데 벌써부터 모여들고 있는 건가요."

"그만큼 가희란 인기가 많으니라. 지방의 귀족이나 거상들은 사람을 보내 벌써부터 이 도시의 좋은 여관들을 확보하고 있지. 이 도시에 사는 자들도 지금부터 싼 숙소든 뭐든 잡아놓고, 그 날이 가까워져오면 비싼 값으로 내어놓기도 할 게다."

"아, 예. 과연."

듣는 것만으로도 굉장한 일이었다. 내가 상상했던 것 같은 평범한 아이돌 수준이 아닌 모양이었다. 국민 가희, 라는 이름이 머릿속에서 화려하게 번쩍거렸다.

"앞으로도 가희를 볼 목적으로 타지에서 사람들이 계속 밀어닥칠 게다. 문제도 생길 테고 소동도 벌어지겠지. 당분간은 몹시 북적이게 될 테니 말이다. 유우도 즐기긴 하되, 주의는 하는 편이 좋을 것이니라."

"마치 온 도시가 총동원되는 축제라는 느낌이네요……."

내가 최근에 사람이 늘었다고 생각한 것은 착각이 아니었다. 그것은 전부, 이 도시에 오는 가희라는 사람을 보러 온 여행객이었던 모양이었다.

그 가희가 오기 석 달 전인 지금부터 이렇게나 사람이 많아진 것이다. 당일에 가까워지면 어떻게 될지 상상도 되지 않았다.

나는 문득 어떤 사실을 기억해내고 천장을 올려다보았다.

이 카페는 원래 오래된 주점을 개축한 것이었다. 술을 마시고 떡이 된 사람들이 그대로 묵고 갈 수 있도록 2층에는 빈 방이 몇 개나 있었다. 그 가희의 축제 때에 이 방을 빌려주면 좋은 수입이 될…….

"아니아니. 관두자."

익숙하지 않은 일을 갑자기 시작했다가 문제라도 발생하

면 그 꼴은 차마 눈뜨고 볼 수 없을 정도일 터였다. 지금은 이상한 욕심을 부리지 말고 얌전히 있자. 지금도 손님들에게 전부 신경이 못 미치고 있다. 방을 빌려주는 일이 제대로 일이 굴러갈 리가 없었다.

그때, 문에 달아둔 벨이 조심스럽게 울리며 손님의 내점을 알렸다. 들어온 사람은 고르 할아버지의 비서 씨였다. 오늘도 바지정장을 늘씬하게 차려입고, 반할 정도로 곧은 자세를 하고 있었다. 여름도 시작되고 있었건만, 밖을 걸어왔다고는 생각되지 않을 정도로 멀끔한 얼굴을 하고 있었다.

비서 씨는 내게 고개를 살짝 숙여 인사를 건넨 뒤, 고르 할아버지에게 다가갔다. 그리고 몸을 일으킨 고르 할아버지의 귓가에 손과 입을 가까이 대고 뭔가를 보고했다.

그러기 무섭게, 고르 할아버지는 눈썹을 치켜세우며 의자를 걷어차듯이 일어났다.

"뭐라! 이, 이러고 있을 때가 아니다!"

그러고는 매우 급하게 달려 나갔다. 난폭하게 열린 문의 벨이 성대하게 울리며 불만을 표출했다.

"……무슨 일이 있나요?"

고르 할아버지가 보통 당황한 모습이 아니었다. 그래서 나는 저도 모르게 비서 씨에게 물었다.

"예."

비서 씨가 고개를 끄덕였다.

"학원에서 마력 폭발이 일어나서요."

"마력 폭발?"

들어본 적이 없는 조합의 단어였다. 하지만 상당히 위험한 울림이라는 것은 알 수 있었다.

"괜찮은 건가요, 그거."

"예."

비서 씨는 또다시 고개를 끄덕였다.

"학원 건물 하나가 날아갔습니다만, 사상자는 없는 것 같습니다."

"아아, 학원 건물이."

그렇게 고개를 끄덕이려던 나는 곧 고개를 저었다.

"아니, 날아갔는데 괜찮은 건가요?"

사상자가 없다는 말에 안심이 되긴 했지만. 그래도 학원 건물이 하나가 통째로 날아갔다는 말을 들으니 진정이 되지 않았다.

그러나 당황한 나와는 대조적으로, 비서 씨는 평소와 다르지 않은 차분한 태도로 말을 이었다.

"폭발 시 사방으로 튄 파편으로 주위의 건조물도 얼마간 피해를 입었습니다. 하지만 대지 안에 걸려있던 마력결계 덕에 학원 이외에는 영향을 받지 않았으므로."

비서 씨는 잠시 생각을 하더니, 이렇게 말했다.

"예. 역시 괜찮습니다."

그, 그런가. 괜찮은 건가.

나는 비서 씨를 물끄러미 쳐다보았다. 비서 씨는 「무슨 문제라도 있습니까?」라는 얼굴로 나를 마주 바라보았다.

폭발이 일어났든, 그것 때문에 학원 건물 하나가 통째로 날아갔든 평소와 전혀 다르지 않은 태도.

그 모습을 보고 있으려니, 퍼뜩 떠오르는 일이 있었다. 이전에 내가 비서 씨와 함께 마피아 보스인 코르레오네 씨의 집에 갔을 때에도 비서 씨는 전혀 무서워하지 않았다. 오히려 즐거운 것처럼 보였다.

비서 씨에게는 동요한다는 일이 없는 것일까. 배짱이 두둑하다고 할까, 뭐라고 할까.

내가 본받아야 할 사람은 고르 할아버지보다 비서 씨 쪽인지도 몰랐다.

마지막으로 카운터를 정성껏 닦은 뒤 나는 겨우 한숨을 돌렸다. 허리에 손을 대고 가게 안을 둘러보았다.

언뜻 봐서는 큰 차이는 없었다. 내부 배치를 바꾼 것도 아니었고, 바닥을 광이 날 정도로 닦은 것도 아니었다. 하지만 가게 안을 깨끗하게 청소했다는 이 만족감이 제법 굉장했다.

최근의 분주함은 내 체력을 사정없이 깎아먹어서, 하루 영업을 마치고나면 완전히 녹초가 되곤 했다. 그 탓에 폐점 뒤 청소를 건성으로 하게 되었다. 그렇게 매일매일 조금씩 손을 늦추다 보면 바닥 구석에 쌓인 먼지나 쉽게 지워지지 않는 얼룩이 생길 수도 있다.

그래서 이렇게 정기 휴일에는 확실하게 청소를 해야 한다. 하루 만에 돌이킬 수 있을 때 만회를 해둬야 한다. 그렇지 않으면 결국 어떻게도 할 수 없게 되어 버린다.

나는 청소하는데 사용한 양동이를 씻고 행주를 깨끗하게 빨아서 널어둔 뒤, 카운터 석의 한 자리에 엉덩이를 걸쳤다.

청소는 육체노동이었다. 점심때부터 줄곧 하고 있었기 때문에 몸에는 기분 좋을 정도로 적당한 피로감이 남아 있었다.

나는 한숨을 돌리고, 창밖을 바라보았다. 어느샌가 해질 녘이 가까워지고 있었다. 여름이 찾아와 해지는 시간도 완전히 늦어져 있었다.

슬슬 저녁밥을 생각해야 했다. 그러나 배는 고팠지만, 몸에 남은 청소의 여운이 무거워서 일어서는 것도 귀찮았다.

지금부터 만드는 것도 성가셔서 차라리 근처에 있는 포장마차에서 사먹고 말까, 하는 생각도 들었다.

그러나 아침에 들었던 고르 할아버지의 이야기가 뇌리에 떠올랐다. 이 시기의 음식점은 분명히 어느 곳이나 관광객으로 꽉 차 있으리라. 인파를 헤치고 들어가 행렬에 늘어서면서까지 식사를 하고 싶지는 않았다. 그것도, 이렇게 더운 계절에.

마법의 힘이 담긴 돌을 이용한 유사 에어컨 덕분에 이 가게 안은 쾌적한 온도를 유지하고 있었다. 그것을 버리고 여름과 사람의 열기로 가득 찬 혼잡함 속으로 나갈 수 것인가? 아니, 그럴 순 없었다.

나는 모든 것을 포기하고 카운터 위에 엎드렸다. 찰싹 붙인 뺨에 전해지는 나무의 서늘함이 기분 좋았다.

피로감도 맞물려서 어느샌가 꾸벅꾸벅 졸고 있었던 모양이었다.

도어벨 소리에 정신이 들어서 나는 재빨리 몸을 일으켰다. 그리고 거의 잠에 취해 몽롱한 상태로 「정기 휴일입니다」라고 말을 하려다가, 들어온 사람이 리나리아라는 사실을 알아차렸다.

"학원, 괜찮았어?"

줄곧 신경이 쓰이기는 했던 것이다.

"소문 빠르네."

들어오자마자 날아온 그 질문에 리나리아는 당황한 것 같았지만, 그래도 쓴웃음을 지으며 대답해 주었다.

"뮐러 교수님이 또 실험에 실패하셨어. 그래서 결국에는 교실은 물론, 건물 전체를 통째로 날려버리신 거지."

리나리아에게 어디 다친 것 같은 기색은 보이지 않았고, 지극히 건강한 것 같았다. 비서 씨에게서 사상자는 없다고 듣긴 했지만, 자신의 눈으로 확인할 때까지는 아무래도 진정이 되지 않았다. 겨우 한 시름 놓을 수 있었다.

그 폭발음은 뭔가의 사건 때문이 아니라, 학원 내부의 인간이 원인이었던 것 같았다. 뮐러 교수라는 이름은 전에도 들은 적이 있는 것 같은 느낌이 들었다. 교사가 통째로 날아가 버릴 정도의 실험이라니, 무엇을 하고 있던 것일까…….

거기서 비로소 나는 리나리아가 손에 든 물건을 알아차렸다. 트렁크라고도 부를 법한 낡아빠진 커다란 가방이었다.

"그거, 뭐야?"

나는 가방을 가리켰다. 그러자 리나리아는 입가를 실룩거리듯이 웃었다.

"위험하다고 쫓겨났어."

"쫓겨나다니, 기숙사에서?"

"기숙사라고 할까, 학원에서."

그게 무슨 말이지?

내 표정에서 그런 속내를 읽어낸 듯, 리나리아는 사정을 설명해주었다.

"폭발한 건 연구동이었지만, 그 여파로 기숙사도 꽤 크게 파손됐어. 거기에 덤으로 연구동에서 엄중하게 보관하고 있던 이런저런 것이나, 지하에 보관하던 이런저런 것들도 폭발에 어떤 영향을 받았을지 모르니까 학원에 남은 학생들은 안전을 위해 나가라고 하더라. 당분간 출입금지래."

이런저런 것들이라는 표현으로 뭉뚱그려졌지만, 그 내용은 꽤나 충격적이었다.

"……그 마음은 이해해. 학원은 연구시설을 겸하고 있기 때문에 그 안에는 많은 것들이 있어. 미궁에서 산출한 것이라든가 말이지."

"그거, 위험해?"

리나리아는 대답하지 않고 어깨를 움츠려 보였다. 그것만으로도 나는 대략적인 상황을 짐작할 수 있었다. 마물이 날뛰는 미궁이 있는 도시에서 사는 것이다. 절대적인 안전을 추구하는 것은 새삼스러운 일일까.

하지만 일단 학원에는 여차할 때에는 학생을 내보낼 정도로 위험한 것들이 있다는 사실은 기억해두자.

"쫓겨났다면, 앞으로는 어떻게 할 거야?"

리나리아는 학원의 기숙사에서 생활했었다. 갑자기 쫓겨나도 「예, 그럼, 이제부터는 여기에서 살게요」라며, 금방 다른 곳으로 옮겨갈 수 있는 것도 아니리라.

내 말에 리나리아는 가방을 들어보였다.

"필요한 건 다 갖고 나왔으니까, 당분간은 근처의 싸구려 여인숙에라도 묵을 거야. 돈은 학원에서 내줄 테니까."

그녀는 그렇게 태평하게 대답했다.

"어쨌든 지금부터 찾으러 가려고. 그 전에 잠시 들렀어."

그럼 묵을 곳이 정해지면 다시 올게. 그런 말을 남기고 리나리아는 가게를 나갔다.

나는 리나리아가 상처 하나 없이 무사했다는 사실에 안도의 한숨을 쉬면서 그 뒷모습을 배웅했다. 그러고 있으려니 「어라, 그러고 보니」 하고 퍼뜩 한 가지 사실이 기억났다.

고르 할아버지가 말했을 터였다. 가희가 이 도시를 찾는 날을 대비해, 많은 사람들이 숙소를 미리 잡아놨다든가 어쨌다든가.

……리나리아. 괜찮을까.

그런 일이 한 번 걱정되기 시작하면 진정이 되지 않는 것이 나라는 인간이었다. 방에서 편한 자세로 쉬고 있을 수도 없어서, 나는 일단 카운터석에 앉아서 리나리아를 기다려보기로 했다.

걱정이라는 것은 괜한 걱정으로 그쳐 주는 것이 가장 좋다.

밤도 완전히 깊어서 숙소는 잘 찾았으려니 싶어서 슬슬 잘 준비라도 하려던 때에 리나리아가 가게로 돌아왔다. 어깨를 축 늘어뜨린 모습을 보고 나는 걱정이 적중했음을 깨달았다.

리나리아는 아무 말도 하지 않은 채, 무겁다는 듯이 가방을 내려놓고는 내 옆의 의자에 털썩 주저앉았다.

"지낼 곳, 못 구했어?"

나는 머뭇머뭇 리나리아에게 물어보았다. 대답은 예상이 갔다.

"응. 제대로 된 여인숙은 어디나 다 방이 없대. 절대로 그렇지 않을 텐데."

"하지만, 그 왜, 가희라는 게 온다고 하잖아."

나는 그 탓에 여인숙의 방이 꽉 찼다고 생각하고 있었다. 그러나 리나리아는 고개를 저었다.

"가희가 오는 건 석 달 뒤야. 그야 손님이 늘긴 하겠지만, 벌써부터 방이 없을 리는 없잖아. 여인숙 같은 건 사방에 널렸으니까."

"듣고 보니 그러네. 그럼 이유가 뭘까."

"이거야, 이거."

리나리아는 화가 난 표정으로 자신이 걸치고 있는 교복을 손가락 끝으로 집어 올려 보였다.

"처음에는 방이 있다고 해놓고서는, 숙박비는 학원으로 청구하라고 했더니 갑자기 만실이라면서 거절하는 거야."

"그건, 왜?"

"귀족만 다니는 학원의 학생이 자기네 여인숙에 묵었다가 성가신 일이 생기면 골치 아프다든가, 학원에 숙박비를 청구하게 되면 가격을 바가지 씌울 수 없다든가, 왜 그런 이유 아니겠어? 교복을 보는 것만으로도 거절하는 걸 보면."

그렇게 말하고 리나리아는 깊은 한숨을 쉬었다. 분명 묵을 여인숙을 찾아 온 도시를 돌아다닌 것이겠지. 그러고도 모두 거절당했다고 하니, 한숨도 깊어질 만 했다.

게다가 싸구려 여인숙쯤 되면 손님도 질이 안 좋아진다.

특히 지금은 도시 밖에서 외부인들이 많이 들어와 있다고 했다. 그런 때에 학원의 학생을 묵게 했다가 뭔가 문제라도 생길까 싶어서 여인숙 측에서 걱정하는 것은 지극히 당연한 일일 터였다.

그래도 눈을 딱 감고 이 녀석은 귀족 아가씨임이 틀림없을 테니까 가격을 부풀려서 청구하려고 했는데, 숙박비는 학원으로 청구하라고 한다. 학원에 바가지를 씌운 금액을 청구했다가 담당자가 노려보기라도 하면 무섭겠지.

그렇게 되면, 여인숙 측으로서는 만실이라고 거짓말을 해서라도 거절하는 쪽이 무난한 선택지가 되는 셈이다.

"뭐라고 할까, 다들 야박하네."

"정말. 이쪽은 평범한 평민이건만."

"그럼 싸구려 여인숙은 관두고 평범한 여관으로 하면 어때? 차라리 완전 고급 여관에서 묵으면서 호화롭게 지내보던가. 어차피 비용은 학원에서 내니까."

나는 명랑하게 그렇게 말을 해보았다. 그랬더니 리나리아가 불쾌하다는 얼굴로 나를 쳐다보았다.

"……그렇게 했다가 학원에서 호출이라도 하면 어쩔 거야? 난 학원의 장학금으로 생활하고 있단 말이야."

"아, 예. 죄송합니다. 그냥 한 번 말해본 것뿐입니다."

"좋아."

"그럼, 평범한 여관을 찾을 거야?"

"그러, 네. 소용없을 것 같다는 기분도 들지만."

리나리아는 이마를 짚으며 등받이에 몸을 기댔다.

지금까지의 이치로 따지면 다소 급을 높인다고 해도 거절당할 가능성은 변하지 않을 것이다.

이 세계의 서민에게 귀족이란 되도록 얽히고 싶지 않은 존재인 듯 했다. 만에 하나 무슨 실례라도 범했다가는 무슨 일을 당할지 모른다는, 마치 폭발물이라도 되는 것 같이 보는 인식이 있었다.

게다가 앞으로도 사람은 계속 늘어날 것이라고 했다. 여관으로서는 조금이라도 성가셔질 것 같은 가능성이 있는 손님보다는, 다른 도시에서 온 평민을 받는 쪽이 명백히 안전한 선택이었다.

그럼에도 포기하지 않고 인파를 헤치고 나아가 자신을 묵게 해 줄 여관을 찾아낼 만한 의욕은, 지금의 리나리아에게는 없어보였다.

역시 이 제안을 해야 하는 건가. 의자에 녹초가 되어 앉아있는 리나리아를 보고 나는 그렇게 생각했다.

리나리아를 기다리는 사이, 나는 한 가지 아이디어에 다다랐다.

그 아이디어는 바보 같기도 했고, 문제도 있어서 입에 올리는 데에는 용기가 필요했다. 하지만 이렇게 늦은 밤까지 지낼 곳도 찾지 못해 완전히 녹초가 된 그녀를 앞에 두니 그 모든 것이 사소한 것처럼 생각되었다.

"저기 리나리아."

"왜?"

"리나리아가 묵을 곳을 찾아다니는 사이, 생각을 해 봤는데 말이야."

나는 집게손가락으로 위를 가리켰다.

"우리 집에 묵으면 어때? 남는 방도 남는데."

리나리아는 눈을 동그랗게 뜨고 멍하니 나를 쳐다보았다.

날씬하게 뻗은 콧날의 끝에서 얇은 입술이 살짝 벌어져 있었다. 고운 눈썹이 찌푸려지고 뺨은 싸악 하고 재빠르게 선명한 색으로 물들었다.

"무, 무무무무슨말을하는거야바보아냐영문을모르겠어."

온 가게 안에 울려 퍼지는 것 같은 목소리로 딱 잘라 말하고는 리나리아는 카운터를 퍽퍽 두드렸다.

"뭐가남는방도있는데야여긴여관이아니잖아너희집이잖아비상식적이잖아."

퍽퍽.

"애초에넌전부터그런이상한소리를해대서내가곤란했어그거알기나하는거야제대로자각하라구. 참내이쪽의사정도생각해보란말이야."

퍽퍽.

"……하아, 하아."

탁.

리나리아는 거칠게 숨을 몰아쉬면서 호흡을 가다듬었다. 카운터 위에서 마구 날뛰던 손도 완전히 얌전해져 있었다.

나는 리나리아의 말 하나하나에 고개를 끄덕였다.

"그럼 지금부터 묵을 여관을 찾으러 갈 거야?"

"윽."

리나리아는 선뜻 대답을 하지 못했다. 밖은 완전히 어두워져서 누구나가 오늘 밤의 잠자리를 찾고 있었다. 여관으로서는 이제부터가 매상을 올릴 수 있는 때였다. 손님이 없어 곤란한 것도 아닌 상황에, 귀족들만 다니는 마술학원의 학생을 묵게 해 줄 여관을 그렇게 쉽게 발견할 수 없으리라는 점은 리나리아도 잘 아는 모양이었다.

"여긴 원래 주점이어서 술에 취한 손님들이 묵던 방이 있어. 즉, 반쯤은 여관인 거지. 카페의 2층은 여인숙이라는 하이브리드."

"으으."

"게다가, 지금이라면 삼시세끼도 포함이야."

"으으으."

아마도 가장 효과를 발휘한 것은 삼시세끼 포함이라는 점이지 않았을까.

리나리아는 빨갛게 물든 얼굴 그대로 카운터를 노려보며 잠시 동안 신음했다. 머릿속을 어지럽게 오가는 갈등이 눈

에 훤히 보이는 것 같았다.

갑작스러운 제안이었다. 그야 곤란하기도 할 것이다. 나는 재촉하지도 서두르지도 않고 느긋하게 대답을 기다렸다. 단, 심장은 조금 시끄러웠다. 나도 그런 얘기를 해놓고 아무렇지도 않지는 않았던 것이다.

리나리아가 힐끗 나를 훔쳐보고는 가느다란 목소리로 말했다.

"정말, 묵어도 돼? 갑자기 찾아와서 방해가 되거나 하지는 않아?"

"전혀."

학원의 출입금지가 해제될 때까지 그렇게 시간이 오래 걸리지는 않을 것이다.

설마 학생 전원을 쫓아낸 채로 몇 개월이나 폐쇄할 리는 없을 터였다.

"……이상한 짓 하지 않을 거지?"

"안 해!"

나는 카운터를 두드리며 강하게 부정했다. 빨간 얼굴로 그런 말을 하면, 이쪽도 가슴이 뛰니까 그러지 말아 줬으면 해.

리나리아는 입을 우물거려 말끝을 흐리면서, 왼손 집게손가락을 오른손으로 몇 번이나 쥐었다 놓았다 하며 잠시 고민했다.

그러더니 결국 머뭇머뭇 내 쪽으로 몸을 돌리더니 깊이

고개를 숙였다. 뒤로 하나로 올려 묶은 붉은 색의 긴 머리카락이 사르륵 하고 어깨에서 흘러내렸다.

"그럼, 저기, 여름 방학 동안 신세 좀 지겠습니다."

"네. 잘 부탁해요."

리나리아가 제안을 받아들여준 사실에 나는 가슴을 쓸어내렸다.

한 지붕 아래에서 생활한다는 것은 상상하는 것만으로도 긴장되었다. 그러나 눈앞에서 곤란함을 겪고 있는 지인을 그냥 모른 척 하는 것도 기분이 안 좋았다.

긴장되는 것만 참으면 2층에 남아도는 방을 며칠간 빌려주는 일 따위 얼마든지…… 응?

어라. 지금, 리나리아가 뭐라고 했지?

여름 방학?

……어? 여름 방학?

"마술학원, 지금 여름 방학이었어?"

나는 저도 모르게 목소리를 높였다.

리나리아는 이상하다는 듯이 나를 바라보았다.

"사흘 전부터 시작됐는데……?"

"어, 그럼, 학원의 학생들은."

"다들 거의 집으로 돌아갔어."

아아, 과연. 애초에 학생이 거의 없었으니까 폭발이 일어났어도 다친 사람 없이 끝난 건가. 학원을 폐쇄하는 것도,

여름 방학이기 때문에 가능한 일이리라.

어, 음. 잠깐만.

그렇다는 것은, 기숙사의 수리도 그렇게 서두르지 않을 가능성이 있다는 뜻이었다. 그, 학생들은 여름 방학이니까.

다시 말해, 기숙사가 수리되지 않는다면 여름 내내 리나리아가 우리 집에서 하숙을 할 수도 있다는 것이다.

그야 리나리아가 당황할 만도 하네!

나도 당황스러워!

그렇게 장기간이라고는 생각도 하지 못했기에 나는 어쩔 줄 모르고 쩔쩔맸다. 그러나 이제 와서 「역시 다시 생각해 보자」라고 말할 수 있을 리 없었다.

어, 어쩌지…

——이러니 저러니 해서 나와 리나리아의 여름이 시작된 것이었다.

# 제1막 「만나는 것을 종착점이라 믿을 뿐이노라[#1]」

## 1

나는 딱히 아침형 인간이 아니었다. 학교에 다닐 무렵에는 아침에 이불에서 빠져나오는데 다른 사람들만큼 고생을 했고, 밤늦게까지 깨어있던 다음 날에는 졸음을 참으며 옷을 갈아입었다.

그랬던 것이 지금은 해가 뜨는 것과 동시에 자리에서 일어나 후딱 옷을 갈아입고 아침부터 활동을 하고 있으니, 대단히 성장했다고 생각한다. 스스로도 믿을 수 없을 정도로 매일이 규칙 바른 리듬으로 구성돼 있었다.

여하튼 이 세계에는 TV나 휴대용 게임기 등이 존재하지 않았고, 물론 스마트폰이나 컴퓨터도 없었다. 또 나는 이 세계의 문자를 읽을 수 없었기 때문에 책을 읽는 일도 불가능했다. 이쯤 되면 내가 밤늦게까지 일어나 있을 이유 그 자체가 없어지는 셈이었다.

아침부터 일하는 것도 있어서 저녁이 되면 당연하다는 듯

---

**#1 만나는 것을 종착점이라 믿을 뿐이노라.(逢ふを限りと思ふばかりぞ)** 904년 다이고 천황의 명령으로 와카(和歌) 1,100수를 모아 만든 시집. 《고금와카집》에 실린 시 중 하나. 번호는 611번. 만약 당신과의 해후를 이룰 수 있다면, 오늘 밤을 마지막으로 이 목숨, 잃어도 상관없다(我が恋は 行方も知らず 果てもなし 逢ふを限りと 思ふばかりぞ)의 한 소절이다.

이 피곤했다.

오락거리가 없으니 선택지는 자는 것밖에 없었다. 그래서 침대에 들어가면 눈 깜짝할 사이에 잠이 들었고, 그 다음은 아침에 자연스럽게 눈이 떠진다는 것이었다.

「마음을 바꿔먹어도 소용없다, 바꿔야 할 것은 환경이다」라는 말을 들은 적이 있는데 그 뜻을 뼈저리게 이해할 수 있었다. 뭔가를 어떻게 하자고 마음을 먹기보다, 그렇게 할 수밖에 없는 환경 속에 있게 되면 습관은 저절로 몸에 붙는 모양이다.

그러나 어제는 오랜만에 잠이 잘 오지 않았다.

이유는 명백했다. 같은 집 안에, 라고 할까, 건너편 방에 리나리아가 머물고 있으니까.

나도 건전한 청소년이었다. 같은 또래의, 그것도 객관적으로 봐도 예쁜 여자아이가 한 지붕 아래 있다는 상황에서 평소와 다름없는 평상심을 유지한다는 것은 꽤나 어려웠다.

나는 침대 안에서 뒤척뒤척 잠들지 못하는 시간을 보내면서 쥐 죽은 듯이 고용한 방에서 작게 울리는 소리에 귀를 기울이기도 했다.

그리고 한참을 고민을 한 끝에 겨우, 이곳이 내 집이라고 생각하기 때문에 동요하는 것이란 사실을 알아차렸다. 같은 집에서 동거하는 것이 아니라, 임대아파트에서 살고 있다고 생각하면 되는 것이다.

다시 말해, 내 방은 201호실이며, 리나리아는 202호실에 살고 있다는 것이다. 우리의 방은 같은 건물 안에 있었지만 완전히 분리되어 있었다. 멋져. 완벽해. 무엇 하나 걱정할 필요가 없었다.

생각이 거기에 다다르자 나는 드디어 잠이 들 수 있었다. 하지만 그래도 평소보다 수면시간은 짧아지고 말았다.

취침시간이 아무리 늦어져도 눈을 뜨는 시간은 달라지지 않았다. 그것이야말로 습관의 힘이었다.

하품을 눌러 죽이며 오늘 음식에 쓰일 재료를 손질하고 있으려니, 2층에서 계단을 내려오는 발소리가 들려왔다. 저도 모르게 손이 흠칫 하고 반응해서 채소를 썰던 식칼이 엇나갔다.

발소리는 계단을 다 내려와 이쪽과는 반대방향으로 멀어져갔다. 그리고 잠시 후, 물소리가 들려왔다. 세수라도 하는 거려나. 나는 그렇게 생각했다.

“참나, 나는 왜 이렇게 귀를 쫑긋 세우고 있는 거냐.”

어떻게 해도 페이스가 흐트러져서 곤란했다. 나는 심호흡을 하고 다시 채소를 썰었다. 일부분이 살짝 일그러진 형태가 되었지만, 신경 쓰지 말자.

채소를 한 차례 다 썬 참에 리나리아의 목소리가 말을 걸어왔다.

“……저기, 안녕.”

그 소리에 나는 뒤를 돌아보았다. 그러자 주거 공간으로 이어지는 입구에서 리나리아가 얼굴만을 이쪽으로 내밀고 있었다.

발소리와 기척으로 가까이에 와 있다는 사실은 이미 눈치 채고 있었지만, 나는 사뭇 지금 알아차렸다는 것처럼 대답을 했다.

"안녕. 리나리아. 잘 잤어?"

"어. 음. 응. 잘 잤어. 아주 편안하게."

"그렇구나. 그거 잘 됐네."

"넌."

"응?"

"잘 잤어?"

"하하. 물론이지. 평소보다 더 푹 잘 수 있었어."

"그래? 그럼 다행이네."

뭘까. 이 서로 고집을 부리는 상황은.

리나리아는 몸의 절반을 입구 벽 뒤에 숨긴 채 힐끗힐끗 이쪽을 볼 뿐이었다. 나도 이미 다 썬 채소를 한층 더 잘게 썰고 있었는데, 이것은 전혀 예정에 없던 일이었다.

왠지 모르게 창피하다는 생각이 들어 손을 멈추고 리나리아와 얼굴을 정면으로 마주볼 수가 없던 것이다.

"아침밥, 어쩔래?"

침묵이 여느 때 이상으로 거북해서 나는 곧바로 다른 이야기를 꺼냈다.

"늘 이 시간에 먹어?"

"아니. 난 좀 더 나중에 먹는데."

"그럼 나도 그때 먹어도 돼. 밥을 먹기 전에 공부를 해두고 싶으니까."

아침부터 공부!

어쩜 이렇게 근면할까. 아침밥을 먹기 전에 공부를 한다니, 내 인생에는 존재하지 않는 습관이었다. 리나리아가 다른 세상 사람인 것처럼 느껴졌다.

"그럼 아침밥이 준비되면 부를게."

"응, 부탁해."

평소와 다르게 더듬더듬 대화를 마치고 리나리아는 2층으로 올라갔다. 나는 점점 다진 상태가 되어가는 채소를 앞에 두고 후우 하고 한숨을 내쉬었다.

이것이 여름 방학 내내, 계속되는 건가. 두근거리고 숨이 찼다. 심지어 등에 진땀까지 배어나왔다. 나는 제대로 매일을 보낼 수 있을 것인가. 불안해진다.

이 완전히 새로운 환경에도 적응할 수 있을까? 지금 나로서는 전혀 알 수가 없었다.

알 수 없는 일을 고민하는 것은 피곤했기 때문에, 나는 그 일은 제쳐두고 일단 재료 손질을 마치기로 했다. 이전보다 요리를 위해 손질해둬야 하는 재료의 양이 늘어나서 그만큼 시간이 더 걸리고 있었다.

지금까지는 적자와 흑자의 틈새를 오가던 가게였기 때문에, 이것은 즐거운 일이기도 했다. 대량의 재료를 준비해두는 일에는 익숙지 않았기 때문에 나는 아직 필요한 양을 제대로 파악하지 못하고 있었다. 「오늘은 이 정도면 충분하겠지」라는 모호한 판단에 따라 손을 멈추었다.

손질을 마친 채소를 창고의 냉장고에 집어넣고, 나는 대신 아침밥용 식재료를 꺼냈다.

그것을 주방에 하나씩 늘어놓고 재빨리 조리에 들어갔다.

손이 많이 드는 음식을 만들 여유는 없었기 때문에 나는 간단하면서도 세련된 음식으로 하자고 생각했다. 즉, 크레페였다. 스스로 생각해도 너무나도 세련된 메뉴라서 무서울 정도였다.

크레페의 장점은, 맛있고 세련됐는데 재료는 단순하고 조리법도 손쉽다는 점일 것이다.

나는 큼지막한 볼에 밀가루와 설탕, 소금을 넣고 섞었다. 그런 뒤, 신선한 달걀과 또 신선한 우유를 추가했다. 이 세계의 식재료는 어쨌든 신선하고, 압도될 정도로 맛이 진했다. 닭이 방금 낳은 달걀과 방금 짜낸 우유가 조금만 나가보면 여기저기에서 팔고 있는 것이다. 재료가 좋으면 간단한 요리로도 충분히 맛이 있었다.

우유와 밀가루가 섞이면서 걸쭉한 생지가 만들어졌다. 생지를 젓는 손에는 묵직한 무게감이 느껴졌는데, 여기에서부터 더욱 힘을 내야 했다. 나는 우유를 조금씩 추가하면서 응어리가 없어질 때까지 정성껏 생지를 저었다.

그리고 프라이팬에 버터를 녹여 그것도 생지에 넣었다. 우유와 달걀과 버터의 궁합은 발군이었다. 그것에는 한 치의 틀림도 없었다.

응어리 없이 깨끗한 옅은 노른색의 생지가 만들어졌다. 볼 위에 뚜껑을 덮듯이 행주를 덮어두고 잠시 재워두기로 하자. 그 사이, 안에 들어갈 내용물을 준비하는 것이다.

크레페라고 하면 역시 휘핑크림이다. 하지만 이것이 준비해둔 휘핑크림입니다, 라며 미리 만들어진 공산품이 존재하지 않는 것이 이 세계였다.

휘핑크림은 생크림이 있으면 만들 수 있다. 그렇다면 이제 그 생크림은 어떻게 만드느냐 하는 것이 문제다. 정답은 우유를 원심분리기에 집어넣으면 되었다. 원심분리기. 그런 게 있을까, 이 세계에.

마술이라는 신기한 기술이 있기 때문에 어떻게든 하면 가능할 것 같은 느낌도 들었다. 하지만 그래서는 이제 손쉬운 아침 식사라고는 부를 수 없다. 그때부터는 혁명적인 상품 개발이다.

그렇게까지 해서 휘핑크림을 먹고 싶은 것은 아니었기 때문에, 여기서는 깨끗하게 단념하는 수밖에 없었다.

그럼 어떻게 할 거냐고? 역시 여기서는 신선한 재료에 의지하기로 했다.

다행히 단맛이 나는 재료는 많이 팔고 있었다. 어쨌든 이 도시에는 미궁이 있어서, 그곳에서 과일이나 설탕이 계속 산출되고 있는 것이다.

잘 익은 망고처럼 맛이 진한 것에서 산뜻하고 상큼하게 단맛이 나는 배 비슷한 것까지 마음대로 골라잡을 수 있었다. 그것을 잼으로 만든 것도 포장마차에서 손쉽게 살 수 있었다.

나는 다양한 과일을 잘라 접시에 담고, 잼도 작은 접시에 덜어 늘어놓았다. 그것만으로도 꽤나 호화로운 아침밥이 되었다.

자. 여기까지 왔으면, 이제 남은 것은 생지를 굽는 것뿐이었다. 나는 프라이팬을 중불에 올려놓고 아주 살짝 기름을 둘렀다. 그런 다음, 국자로 퍼서 프라이팬에 둥글게 펴나갔다. 흔히 떠올리는 이미지보다는 생지가 두꺼워서, 가게에서 팔던 그 얇은 크레페는 되지 못했다. 하지만 그래도 식욕을 돋우는 냄새는 뒤지지 않았다.

넓게 펼친 생지 주변이 폭신폭신하게 떠올랐다. 나는 그 틈 사이로 주걱을 찔러 넣어 생지가 프라이팬에 달라붙지 않은 것을 확인하듯이 움직인 뒤, 단숨에 생지를 뒤집었다. 생지에는 반점 같은 모양으로 구운 자국이 나 있었다. 그 구워진 모습은 자화자찬을 하기에 충분할 정도였다.

뒷면은 한 번 삭 굽기만 해서 접시에 옮겨 담고는, 곧바로 두 장 째를 굽기 시작했다.

그 뒤로는 그저 열심히 생지를 구울 뿐이었다. 나는 생지를 굽는 일에는 익숙하지 않았기 때문에 생지는 두께가 일정하지 않고 얇거나 두껍거나 했다. 한 장 한 상 시행착오를 거듭하면서 드디어 생지를 모두 다 구웠다.

나는 접시에 켜켜이 쌓인 다 구워진 생지를 앞에 두고 잠시 만족감에 젖었다. 그러고 있으려니 어느새 내려왔는지 리나리아가 모습을 나타냈다.

"그리운 냄새가 난다고 생각했더니, 역시 파라친다였구나. 오랜만에 먹어보네."

"파라친다?"

뭘까, 그게.

이국의 디저트와 어딘가의 작은 동물의 이름을 합쳐놓은 것 같은 이름이었다.

"다들 파라친다라고 부르는데. 여기서는 프라켄타라고 말하는 걸까. 고아원에 있을 때에는 자주 만들어 먹었어."

어느 쪽도 처음 듣는 울림의 이름이었다. 아무래도 크레페는 이 세계에도 존재해서, 이곳 사람들은 전혀 다른 이름으로 즐기고 있는 모양이었다.

리나리아는 반갑다는 것 같은 미소를 지은 채, 발걸음도 가볍게 카운터로 다가왔다.

"이거, 어디서 먹을 거야? 여기 아니면, 테이블에서?"

그 질문을 받고 나는 잠시 대답이 궁해졌다.

"그러, 네. 테이블에서 먹자. 좀 날라줄래?"

"물론이지."

카운터 위에 늘어놓았던 접시를 리나리아가 두 손에 들고 옮겨갔다.

그랬다. 리나리아는 오늘 손님이 아니었다. 때문에 리나리아가 카운터에 앉아 밥을 먹고 내가 선 채로 커피를 끓이는 일도 그런 없었다.

같은 테이블에 앉아 식사를 하는 것이었다. 그 일이 왠지 기분이 묘했다. 마음이 들뜨고, 따끈따끈했다.

나는 형편없는 콧노래를 부르며 리나리아를 위해 카페오레를 준비하기 시작했다.

함께 아침밥을 먹는 상대가 있다는 것은 기분 좋은 일이었다. 그것을, 나는 이미 꽤 오랫동안 잊고 있던 모양이었다.

2

습관이라는 것은 누구에게나 평등한 것이었다.

자는 시간, 일어나는 시간, 아침 식사 메뉴, 신발을 먼저 신는 발, 목욕탕에서 몸을 씻는 순서 등등.

스스로는 알아차리지 못하는 곳에서 몸은 습관에 따를 때가 있다. 고맙게도 이 가게에 오는 것이 습관의 일부가 된 사람도 있었다.

예를 들면, 아침에 미궁으로 향하기 전 가볍게 배를 채우고자 찾아오는 모험가 청년.

두꺼운 책을 손에 들고 찾아오는 엘프 누님.

테이블에 천과 광석을 늘어놓고 감정을 하는 난쟁이 아저씨.

그런 단골손님들은 찾아오는 시간이 정해져 있었다.

그리고 나의 작은 습관도 저절로 그것에 맞춰 구성돼 있었다. 슬슬 그 사람이 올 때이니까 그 메뉴를 준비해두자, 라든가 하는 식이다. 그것은 손님이 적기 때문에 가능한 나 나름대로의 서비스였다.

그러나 최근에는 그것도 마음대로 되지 않는 일이 많았다.

고르 할아버지의 이야기를 통해 원인이 판명되었는데, 얼마 후에 방문할 가희를 볼 목적으로 이 도시를 찾아온 관광객의 여파가 이 가게에도 착실히 미치고 있던 것이었다.

덕분에 점심 무렵이 되면 우리 가게는 매우 분주했다.

관광객이라는 것은 호기심이 왕성했다. 모처럼 왔으니 신기한 것을 체험해보고 싶다는 정신은 물론 나도 이해할 수 있었다.

하지만 설마, 우리 가게가 그 「신기한 것」의 부류에 들어가리라고는 생각도 하지 못했다.

분명 내가 만드는 요리도, 자랑인 커피도 이 세계의 사람들이 보면 신기한 것이기는 했다. 평소라면 신기하기 때문에 불안해서 거리를 둔다는 보수적인 선택을 할 터인 사람들이, 지금은 전혀 반대의 선택지를 고르고 있었다.

좀처럼 올 일이 없을 터인 도회지, 그것도 미궁이라는 존재를 축으로 이루어진 매우 보기 드문 도시에 와서 관광객들은 매우 개방적이 되어 있었다.

미궁도시라는 새로운 환경에 몸을 둠으로써, 일상생활 속에서 만들어졌던 지금까지의 습관이 무너진 것이다.

덧붙여, 그들은 가희라는 큰 이벤트를 앞두고 들떠 있었다. 신바람이 나서 도시를 탐색하다가 큰 길에서 벗어난 곳에 있는 이 가게를 찾아내 호기심과 개방적인 기분을 끌어안고 발을 들여놓는 사람이 많았다.

그것은 고마운 일이라고 해야 할 것이다. 분명히 이렇게 많은 사람들에게 커피의 매력을 알릴 기회가 생긴 것은 기쁜 일이었다.

그러나 슬프게도 종업원이 나 혼자밖에 없다는 상황에서는, 상정을 뛰어넘은 손님의 수는 손길이 제대로 미치지 못한다는 결과만을 초래했다.

"저기, 이 아이스커피라는 거, 한 잔 더 줘요! 쓰지만 맛있어."

"정말이야. 밖은 이제 완전히 더워졌잖아. 이럴 때에는 이런 차가운 음료가 가장 맛있어."

"맞아맞아. 그래서 말이야. 요전에 우리 아들이 말이지. 덥다덥다 이러면서……."

"저기, 형씨. 부탁한 핫샌드, 아직 안 됐어?"

"실례합니다. 두 사람인데 자리 있나요?"

"계산 부탁해—요."

"우와, 분위기 좋다. 어떤 가게일까? 주점?"

"카페라고 하는 모양이야. 추천하는 가게라고 제트가 말했어."

와글와글, 왁자지껄. 그런 가운데, 나는 비명을 질렀다.

계속해서 늘어만 가는 주문에 조리, 계산까지 하려니 완전히 손이 부족했다. 어제보다 사람이 더 늘어나 있었다.

원래는 주점이었던 이 가게는 그럭저럭 넓은 편이었다. 평소보다 명백히 손님 수가 많았지만, 빈 자리에는 아직 여유가 있었다.

가게의 의자는 그 수가 많았지만, 내 팔은 두 개밖에 되지 않았다. 사이폰에 이르러서는 하나밖에 없었다. 여기까지 이르자, 나는 이 이상은 무리라고 판단해, 입점하는 손님들을 거절하는 형편이었다. 하지만 그래도 「그럼, 기다릴게요」라며 가게 앞에 줄을 서는 손님들도 있었다.

즉, 나는 의도치 않게 손님들이 길게 줄을 늘어서는 가게라는 명예로운 칭호를 손에 넣을 수 있었다.

그 일에 기쁘다는 감정은 전혀 일지 않았다. 위험해너무바빠위험해 라는 말이 머릿속을 빙글빙글 맴돌았다.

"주문 좀 받아주실래요?"

어디선가의 테이블에서 그런 목소리가 들려왔다. 그러나 가게가 너무 소란스러워서 나는 순간적으로 어느 자리인지 알 수가 없었다. 덧붙여, 손에는 막 완성된 요리를 들고 있어서 곧바로 달려갈 수도 없었다. 아, 살짝 눈물이 날 것 같아.

그때, 한 줄기 붉은 빛이 안쪽의 테이블 석을 향해 가게 안을 가로질렀다.

"예. 어, 음. 주문을 도와드리겠습니다."

그것은 리나리아였다. 교복의 겉옷을 벗은 하얀 블라우스 차림으로, 손에는 작은 메모장과 펜을 들고 있었다.

그녀는 손님의 주문을 받아 적고, 고개를 꾸벅 숙인 뒤 멍청히 서 있는 내 곁으로 다가왔다.

"이거. 핫샌드와 샐러드 세트 하나랑 아이스커피래."

그리고 그렇게 말하고 그녀는 메모지를 내게 내밀었다. 그랬다가, 내 양손이 다 막혀 있는 것을 보고 메모지를 접어 내 앞치마의 주머니에 꽂아 넣었다.

나는 대답도 하지 못하고, 그저 리나리아의 얼굴을 바라볼 뿐이었다.

"……왜?"

"아니, 그게."

말이 가슴에서 딱 걸린 것처럼 나오지 않았다. 오히려 입을 그대로 지나쳐 눈으로 나올 것 같았다.

"일손, 부족하잖아? 간단한 일이라면, 그, 도와줄 수 있으니까."

"어, 아, 응."

"이건? 어디로 가져가면 돼?"

그렇게 말하며 리나리아는 몸을 살짝 숙여 내가 든 접시를 신중하게 가져가 들었다.

"저기, 두 사람이 앉아있는 곳에……."

"그래? 알았어. 그거, 잘 부탁해."

리나리아는 미소를 남기고 테이블로 음식을 가져갔다. 나는 우두커니 선 채 리나리아의 뒷모습을 바라보았다.

"형씨. 좋은 아이를 잡았네."

내 바로 옆의 자리에 앉아 있던 짐승 귀를 한 아저씨가 그렇게 말을 걸어왔다. 나는 고개를 세로로 흔들었다.

"우리 마누라도 옛날에는 저 정도로 마음씨가 착했는데 말이지. 지금은 완전히 남편을 쥐고 흔든다니까. 형씨도 조심해."

나는 또다시 고개를 세로로 흔들었다.

"그런데, 내가 주문한 핫샌드는 아직 안 된 거야?"

손님의 발길이 진정된 것은 점심때가 지나고 난 뒤였다.

가게 안에는 아직 손님이 몇 그룹인가 남아 있었지만, 끊임없이 주문이 밀려들어오는 일은 없었다. 먹고 마시는 것이 목적이 아니라, 각자 느긋하게 자신의 시간을 즐기려는 사람들이었다.

"하아, 지쳤다. 접객이란 정말 힘든 일이네."

리나리아가 카운터의 의자에 깊숙이 엉덩이를 묻고 양팔을 축 늘어뜨리면서 말했다.

"덕분에 살았어. 고마워."

"여기서 묵게 해 준 답례 같은 거야. 신경 쓰지 마."

리나리아는 파닥파닥 손을 흔들었다.

"그건 그렇다 쳐도, 엄청난 수였는걸."

"그러게."

나는 고개를 끄덕였다.

"그래서 앞으로의 일을 생각하면 마음이 무거워."

"왜? 손님이 많이 오는 건 좋은 일이잖아?"

"그야, 손님이 와 주는 건 기쁘지만 말이지. 이래서는 마치 평범한 음식점 같지 않아?"

"뭐, 분명히 그렇긴 하네."

바쁜 것에 비례해 매상은 올랐다. 이 시간에 이미 매상은 과거 최고라고 해도 좋을 것 같았다. 그러나, 나는 이것을 카페의 매상이라고 자랑하는 것이 약간 주저되었다.

"하지만 그게 나쁜 일이야?"

리나리아가 다른 뜻 없이 순수하게 똑바로 나를 쳐다보았다. 그 시선에 나는 대답이 궁해졌다.

나쁜 일, 일까.

지금까지 가게는 언제나 텅텅 비어 있었다. 적은 수의 손님을 상대로 정성스럽게 커피를 끓이고, 음식을 만들었으며 소소한 대화를 나누었다. 나로서는, 그것이 익숙한 일상이었다.

그것은 커피나 카페가 익숙하지 않은 이 세계의 사람들을 상대하다보니 결과적으로 그렇게 된 것 뿐이었다. 내가 의도해서 그렇게 하자고 생각한 것이 아니었다.

나 역시 좀 더 가게가 번창했으면 좋겠다고 생각하는 일도 있었고, 장부를 적으며 장부에 나열되는 적자에 고뇌하는 일도 있었다.

이렇게 갑자기 손님이 늘어나서 나는 당황한 것뿐일까. 와주는 손님이 늘어나는 것은 기쁜 일이 아닐까. 분명히 눈이 핑핑 돌 정도로 바쁘긴 했지만, 충실감이 없다고 한다면 거짓말이다.

"그게 그렇게까지 고민할 일이야? 와 주는 손님에게 돌아가 달라고 말할 수는 없으니, 할 수 있는 일을 하는 것뿐이잖아?"

리나리아는 아무렇지도 않게 그렇게 말했다.

"과연. 분명히 그러네."

나는 감탄해서 몇 번이고 고개를 주억거렸다.

가희가 이 도시를 방문하는 날까지 이곳을 찾아오는 사람은 계속 늘어날 것이다. 연쇄적으로 우리 가게를 찾는 사람도 지금보다 더 늘어날지도 몰랐다. 내가 생각해야 하는 일은 그런 사람들을 맞이할 것인지, 그들에게 무엇을 제공할 것인지 그런 것이 아닐까.

그렇다면.

“있지, 리나리아. 앞으로도 가게 일을 도와주지 않을래? 물론 아르바이트 비는 줄게.”

나는 두 손을 맞잡고 리나리아에게 부탁했다. 나 혼자는 가게가 돌아가지 않으리라는 것은 명백했다. 새로운 종업원을 찾으려고 해도 지금 당장은 불가능했다.

“……하루 종일은 무리야.”

“물론이지. 바쁠 때만으로도 괜찮아.”

“그럼, 도와줘도 괜찮은데.”

리나리아는 살짝 입술을 삐죽거렸다.

“아르바이트 비는 둘째 치고 뭔가 좀 먹여주지 않을래? 배가 고픈데.”

그러고 보니, 점심밥을 아직 먹지 않았다. 나는 허둥지둥 점심밥을 만들 식재료를 가지러 창고로 향했다.

리나리아가 승낙해줘서 다행이다.

냉장고를 뒤지면서 나는 결국 히죽히죽 웃고 말았다. 거울로 본다면, 분명히 얼빠진 얼굴을 하고 있겠지 하는 생각이 들었다.

바로 그날 밤부터 리나리아는 정식으로 우리 가게의 종업원으로서 가게 일을 도와주게 되었다.

우리는 낮 동안 미리 주문을 받는 방법이라든가, 어느 자리의 주문인지 알 수 있도록 각 자리에 번호를 할당한다던가 하는 세세한 일을 서로 논의했다.

리나리아는 놀랄 정도로 요령이 좋아서, 나는 역시나 우등생이라고 감탄했다.

접객업에는 빼놓을 수 없는 붙임성이 아직 조금 부족한 같았지만, 그것을 불평하는 것은 아직 시기상조겠지. 접객 경험이 없는 사람에게 첫날부터 웃으라고 하는 것은 무리가 있었다.

저녁때에도 예상한 것 이상으로 대성황이었다. 점심 때 왔던 손님이 다시 와 주거나, 친구나 아는 사람을 데리고 와 주기도 했다.

이만큼 손님이 많으면 크고 작은 문제도 발생했다.

예를 들면, 새삼스럽기는 했지만, 우리 가게는 카페였다. 물론, 술은 취급하지 않았다.

하지만 이 세계의 사람들은 술을 물 대신 마시는 것 같은 사람들이 많았다. 그리고 또 식사와 함께 술을 즐기는 것도 일반

적이었다. 그런 습관이 있는 가운데, 술을 다루지 않는 음식점이란 처음 찾는 손님이 보기엔 꽤나 기이한 모양이었다.

몇 번이나 「술은 없어?」라는 질문을 받고, 그때마다 사과를 하는 일을 반복했다.

거기서 더 나아가, 준비해놓은 재료가 예정보다 훨씬 일찍 떨어져 결국에는 입점을 거절해야 하는 수준에까지 이르렀다.

긴 줄이 생길 정도로 손님이 많이 왔기 때문, 이 아니라 단순히 재료의 비축량이 적었기 때문이었다. 전날보다 많이 준비해놓긴 했지만, 오늘의 손님 수는 내 예상을 가볍게 뛰어넘었다.

도중부터는 문 옆에 걸어둔 표찰을 「준비 중」으로 뒤집어 놓고, 입점을 제한하게 되었다.

마지막 손님을 배웅하자, 몸이 갑자기 무겁게 느껴지면서 피로가 온몸을 휘감는 것 같았다.

나는 저도 모르게 카운터의 한 자리에 털썩 앉고 말았다. 하지만 리나리아는 쉬지도 않고 테이블 위를 정리했다.

그 바쁜 가운데 모든 테이블에 손길이 미칠 리가 없어서, 여기저기의 테이블에는 다 먹은 식기가 그대로 놓여 있었고, 싱크대에는 설거지거리가 산더미처럼 쌓여 있었다. 아마도 바닥에도 흘린 음식이 떨어져 있을 것이다.

나는 가게 안을 둘러보고 깊게 한숨을 쉬었다.

지친 몸을 채찍질해서 깔끔하게 청소를 해야만 했다.

"이 넓은 실내가 원망스러워."

"무슨 말을 하는 거야. 자, 얼른 정리하자."

나는 피곤해서 꼼짝도 못하겠는데, 리나리아에게서는 지친 기색이 보이지 않았다. 빠릿빠릿하게 계속 여기저기 돌아다니고 있었다.

영업 중에도 줄곧 바쁘게 돌아다녔는데, 어디에서 그런 체력이 나오는 것일까.

"……피곤하지 않아?"

"그야 피곤해. 하지만, 미궁실습과 비교하면 훨씬 나아."

과연. 미궁에서 마물과 싸운다든가 모험을 한다든가, 그런 것으로 단련된 체력과 기력이 도움이 되는 모양이었다.

납득은 되었지만, 내게는 그런 체력도 기력도 없었다. 여러모로 한계였다.

"잠깐 쉬지 않을래?"

나는 반쯤 애원하듯이 말했다. 이렇게 장시간동안 계속 요리를 한 것은 처음이었다. 전신이 무거워서 어떻게 할 수가 없었다.

"거기서 쉬고 있어. 뒷정리는 나한테 맡겨."

그렇게 아무렇지도 않게 말하고는 리나리아는 테이블을 닦기 시작했다.

그럼 사양 않고 쉴게. 그렇게 말할 수 있는 배짱이 있었으면 좋겠지만, 나는 새가슴이었다. 리나리아를 일하게 하고 그 옆에서 혼자 쉬고 있을 수는 없었다.

나는 고용주다, 높은 사람이다, 라는 식으로 행동할 수도 없는 노릇이다. 나는 리나리아를 본받아 한 번 더 힘을 내보기로 하고 자리에서 일어났다. 그러나 자리에서 일어난 찰나, 나는 움직임을 딱 멈추고 말았다.

발견한 것에서 시선을 돌리는 일조차 할 수 없었다.

창문에 한 남성이 착 달라붙어 있었다.

양손과 얼굴을 유리에 착 붙이고, 가게 안을 응시하듯이 눈을 크게 뜨고 있었다.

수상한 사람, 이라고는 생각하지 않았다. 나는 확신하고 있었다.

이건, 악령이다.

악령이 분명하다.

큰일이다. 어떻게 하지.

"왜 그러……."

일어서다말고 꼼짝도 하지 않는 나를 의아하게 생각했던 리나리아도 이쪽으로 얼굴을 돌렸다가 그것의 존재를 알아차린 모양이었다. 말이 뒤로 갈수록 점점 수그러들더니 완전히 사라져 버렸다.

"는, 데……."

나는 천천히 리나리아를 돌아보았다.

리나리아는 악령을 보고 놀란 것 같은 기색으로 멍하니

입을 벌리더니, 곧 만면의 미소를 띠었다.

미소?

"원장 선생님!"

그것은 환성이었다. 도저히 악령을 목격한 비극의 관객의 목소리가 아니었다.

리나리아는 달려서 가게 밖으로 뛰어 나가더니, 곧바로 한 남성을 잡아끌듯이 해서 데리고 돌아왔다. 리나리아는 생글생글 웃고 있었지만, 원장 선생님이라고 불린 남성은 마음이 불편한 듯이 쓴웃음을 짓고 있었다.

"소개할게. 이 분은 내가 있던 고아원의 원장 선생님이셔."

"악령이 아니라?"

나는 저도 모르게 리나리아에게 그렇게 되물었다. 그러자 리나리아는 어처구니가 없다는 얼굴을 했다.

"어디가 악령이라는 거야. 이래 봬도 높으신 사제이셨어."

"이래 봬도, 라는 말은 좀 심하지 않을까."

쓴웃음을 지은 채 원장 선생님이 말했다.

"만나서 반갑구나. 놀라게 해서 미안하다. 길을 걷고 있으려니, 반가운 얼굴이 가게 안에서 보여서 말이지. 나도 모르게 확인을 하고 말았단다."

원장 선생님은 나를 향해 고개를 숙였다. 그 동작도 어조도 매우 정중해서 이쪽이 더 황송할 지경이었다.

"천만에요. 아, 음, 전 유우라고 합니다. 리나리아와는 친구로, 방학 동안 가게 일로 리나리아의 도움을 받고 있어요."

"오호. 그랬던 건가. 리나리아는 잘 하고 있나? 옛날부터 개구진 구석이 있어서 말이지."

"예. 열심히 해주고 있습니다. 개구쟁이 같은 부분은 여전하지만요."

사람의 인상이란 만난 지 5초면 결정되고, 30초만 이야기해보면 어느 정도 그 사람의 됨됨이를 알 수 있었다. 나와 원장 선생님은 서로 통하는 것을 느낀 것이 틀림없었다.

"잠깐만. 본인을 앞에 두고 쓸데없는 얘기는 하지 말아줄래요?"

리나리아가 팔짱을 끼고 불만스럽다는 듯이 그렇게 말했다.

"……옛날부터 이렇게 저 아이에게 자주 혼이 나곤 했지."

원장 선생님은 내게 얼굴을 가까이 갖다 대고 작은 목소리로 말했다.

"저도요."

나도 작은 목소리로 대꾸했다. 그리고 나와 원장 선생님은 서로 마주보고 웃었다.

리나리아는 어릴 적에 부모님과 생이별을 했다고 들었다. 그러니까 분명히 이 원장 선생님이 부모님 대신이었으리라.

"……만날 수 있어서 기쁘지만, 왠지 고생거리가 늘어난 것 같은 기분이 들어."

리나리아는 그렇게 말하면서 한숨을 쉬었다.

“그건 그렇고, 왜 이 도시에 계신 거죠? 거기서 이곳까지는 멀잖아요?”

리나리아의 말을 듣고, 원장 선생님은 머리에 손을 갖다 댔다. 얼굴에는 쑥스러운 것 같은 쓴웃음이 떠올라 있었다.

“이야. 실은 고아원의 운영비 건으로 말이다. 수도에 다녀오는 길이란다.”

“……또 부족한가요.”

“아하하…… 그거, 면목이 없구나.”

리나리아가 눈썹 끝을 떨어뜨렸다.

또, 라는 것은 옛날부터 고아원은 경영난에 시달리고 있던 것일까.

“운영비라는 건, 어디선가 받을 수 있는 건가요?”

나는 누구에게랄 것 없이 그렇게 물었다. 그러자 리나리아가 대답을 해주었다.

“원래는 교회에서 지급을 해주는데, 선생님은 좀…….”

“좀?”

리나리아가 말하기 어렵다는 것처럼 시선을 피했다.

“뭐, 간단히 말하면 권력 투쟁에서 도망쳐서 말이다. 옛날부터 교회의 주류 파벌하고는 사이가 나쁘단다. 덕분에 자금 제공도 윤택하다고는 할 수가 없어서.”

원장 선생님은 무슨 우스운 이야기라도 하는 것처럼 말했다.

분명히 내 눈앞에 있는 사람은 권력 투쟁에 열과 성을 다

할 것처럼은 보이지 않았다. 눈매는 부드러웠고, 감도는 분위기도 쾌활했다. 얼핏 보는 것만으로도 좋은 사람이라는 것을 알 수 있었다. 그랬지만 눈가에 생긴 주름이 지금까지의 고생을 느끼게 했다.

"그래서, 수도에서 말이다. 지인이 소개해 준 귀족들에게 기부를 부탁하러 갔는데."

리나리아가 어깨를 움츠렸다.

"말하시지 않아도 알겠어요. 실패하신 거죠."

"면목이 없다."

어깨를 축 늘어뜨리는 원장 선생님의 모습에는 애환이라는 단어가 묵직하게 휘감겨 있었다.

"나는 아무래도 모금 파티라던가 하는 곳에서 귀족들과 잘 얘기를 할 수 없어서 말이지……."

기부금을 모금하는데도 귀족과 파티를 할 필요가 있는 모양이었다. 고아원을 경영하는 일은 상당한 고생을 동반하는 것 같았다.

"괜찮은 건가요?"

리나리아가 기색을 살피듯이 그렇게 물었다.

원장 선생님은 한층 더 미소를 지어보였다.

"뭐, 지금까지 어떻게든 꾸려왔다. 괜찮고말고. 이 도시에도 지인이 있어서 말이다. 이야기를 들어준다고 하더구나. 어떻게든 될 거다."

허세를 부린다는 사실은 척 봐도 알 수 있었다. 그래도 그것은 리나리아에게 걱정을 끼치지 않겠다는 태도이기도 했다. 그래서 나도 리나리아도, 그것을 헛수고로 만드는 것 같은 말은 하지 않았다.

"저기, 저, 한동안 이 가게에 있을 거예요. 그러니까, 또 와 주세요."

"그야 물론이지. 이 도시에 온 건 널 만나고 싶다는 이유도 있었으니까 말이다. 이야, 설마 학원이 아니라 이런 곳에서 만나게 될 줄은 생각도 못했구나."

그런데. 원장 선생님은 새삼 정색을 하고는 내게 손짓을 했다.

뭘까. 그렇게 생각하며 나는 원장 선생님에게 가까이 다가갔다. 그러자, 원장 선생님은 그대로 나를 가게 구석으로 끌고 갔다.

"유우 군이라고 했지. 너는 혹시 그건가? 리나리아가 좋아하는 사람인 건가?"

갑작스러운 질문에 내 목에서는 요상한 소리가 튀어나왔다. 「히에?」라든가 「이에?」라는 느낌이었다.

"아, 아니에요."

"하지만 같이 살고 있잖아?"

"그것도 조금 다릅니다. 그, 학원의 기숙사가 사고로 지낼 수 없게 돼서 저희 가게 2층을 빌려준 것뿐이에요."

나는 빠른 어조로 변명을 했다. 그러자 원장 선생님은 빙그레 웃으며 그 말을 들어주었다.

"그래, 그렇단 말이지."

그러더니, 내 어깨에 손을 올려놓았다.

"리나리아는 내가 친딸처럼 여기는 아이란다. 앞으로도 아무쪼록 잘 부탁하마."

삐걱삐걱삐걱. 어깨에 놓인 손이 내 어깨를 꽉 쥐고 있었다.

"무, 물론, 입니다."

왠지 등줄기에 식은땀이 흘렀다. 저기, 어깨가, 조금 아픈 것 같은데요.

"만약 리나리아가 눈물을 흘리는 일이 생긴다면…… 알고 있지? 신께서도 내 행동을 용서해주실 게다."

나는 필사적으로 고개를 끄덕였다. 그러자 원장 선생님은 손에서 힘을 빼고 내 등을 두드렸다.

"네가 말이 통하는 젊은이라 다행이구나. 하하하."

"두 사람, 거기서 뭐 하는 건가요……."

"아니, 아무것도 아니다. 남자들끼리 이야기를 좀 말이지."

이 사람…… 가족이 얽히면 성격이 바뀌는 타입이다……. 적으로 돌리면 안 되는 타입이야…….

나는 원장 선생님에게서 살짝 떨어졌다.

리나리아가 원장 선생님을 배웅하고 돌아왔다. 우리는 카운터에 나란히 앉았다.

"좋은 분이구나."

내가 그렇게 말하자, 리나리아는 자신이 칭찬을 받았을 때에도 보이지 않는 미소를 지어보였다.

"맞아. 정말로 좋은 분이야. 고아원 경영을 위해 고생만 하는데도, 늘 웃으면서 우리를 생각해주셔."

물을 것까지도 없이, 리나리아가 원장 선생님을 얼마나 존경하는지가 전해져 왔다.

"……저기, 부탁이 좀 있는데."

"부탁?"

리나리아가 그런 말을 하는 것은, 놀랄 정도로 드문 일이었다.

"여기 있는 동안 가게 일을 열심히 도울 테니까…… 가불, 해주지, 않을래?"

아르바이트 비를 가불해 달라는 것일까. 나는 바로 짚이는 것이 있었다.

"원장 선생님이 돌아가실 때 드리고 싶은 거구나?"

리나리아는 고개를 끄덕였다.

"내가 학원에 입학이 결정되었을 때, 선생님이 말씀하셨어. 아무 걱정 하지 말고 내가 하고 싶은 일에 몰두하라고. 그 말에 따라 지금까지 쭉 공부만 했는데…… 지금은, 좀 더 내가 할 수 있는 일을 하고 싶어."

"진짜 정말로 착하구나."

"응?"

"미안. 아무것도 아니야."

나는 손으로 입을 막았다. 저도 모르게 진심이 새어나왔다.

이 아이는 어쩜 이렇게 착할까. 살짝 가슴이 아플 정도였다. 그 배려가 너무나도 눈부시게 보였다.

"물론 좋아."

리나리아는 안도한 표정으로 내게 꾸벅 고개를 숙였다.

"고마워."

"아냐아냐. 정중하게 인사까지 하고. 앞으로도 잘 부탁합니다."

"이쪽이야말로."

우리는 서로 고개를 숙이다가 같은 타이밍에 고개를 들고 풋 하고 웃음을 터뜨렸다.

"우리, 둘이서 뭘 하고 있는 걸까."

"그러게 말이야."

웃음소리가 밤의 가게 안에 울려 퍼졌다.

3

아무리 도시에 관광객이 넘쳐흘러도, 역시나 아침부터 나다니는 사람은 적은 모양이었다. 어제 점심과 저녁때의 혼잡함이 거짓말처럼, 아침의 가게 안은 평온했다.

리나리아는 늘 먹는 날햄과 치즈가 들어간 핫샌드를 아침밥으로 먹으면서 카운터에서 두꺼운 책을 읽고 있었다. 가게 안에 있는 몇 그룹의 손님들도 우아한 조식을 즐기고 있었다.

나는 개점 전에 시장에서 사 온 대량의 식재료를 한창 손질하는 중이었다. 평소에는 시르르라고 하는 배달꾼에게 부탁해 배달해 달라고 하고 있었지만, 어제의 성황을 보건대 그것만으로는 부족하리라는 것은 명백했다. 나 나름대로 필요량을 예상해서 추가로 시장에 재료를 사러 가는 일은 처음 경험하는 일이었다.

손님이 적은 틈을 이용해 일심불란하게 채소껍질을 까고 있으려니, 곧 손님이 내점했다. 백은색의 긴 머리카락과 늠름한 눈매. 장신의 몸을 감싼 것은 침착한 색조의 기사복이었다.

"어서 오세요. 아르벨 씨, 오랜만에 오셨네요."

"아아. 좀처럼 탐색이 일단락되지 않아서 말이지. 오랫동안 못 오고 말았다."

길모퉁이에서 본다면 모델일까 하는 눈으로 좇게 될 것 같은 미모를 자랑했지만, 아르벨 씨는 놀랍게도 미궁에 도전하는 모험가였다.

"늘 드시는 거면 될까요?"

“응. 마스터의 커피를. 이것만을 기대하면서 바쁜 매일을 보냈지.”

아르벨 씨가 짓궂게 눈을 가늘게 떴다. 인사치레로 하는 말이라는 것을 알았지만, 물론 나쁜 기분은 아니었다.

“그렇게 바쁜가요?”

커피를 끓이기 위해 사이폰을 준비하면서 나는 물었다.

“곧 있으면 가희가 이 도시를 방문하는 것은 알지?”

나는 고개를 끄덕였다.

“가희 두 사람의 동시 공연이다. 수도에서는 왕족이 관람을 위해 올 것이라는 말도 나오고 있어. 나라 전체에서도 사람들이 많이 모이겠지. 성벽 주변을 봤나? 지금부터 벌써 간이 숙박시설을 짓고 있다. 즉, 도시 밖까지 사람이 넘쳐나고 있다는 뜻이지.”

“그건 참…… 굉장하네요.”

나는 그 이상의 감상은 떠오르지 않았다.

“그래. 어쨌든 굉장하지. 지금까지 없던 규모에 길드도 여러모로 고심을 하고 있어서 말이지. 미궁에까지 관광객이 밀고 들어온다면, 역시나 대응할 수 없을 가능성도 있다. 어쩌면 가희의 체재 중에는 미궁을 완전히 폐쇄할 가능성조차 있어.”

“하아. 그렇군요. 그럼, 폐쇄되기 전에 미궁에 다녀오자는 건가요?”

“그런 셈이야. 미궁의 가게 중에는 그 관광객들 때문에 소란스러운 것이 싫어서 가게를 닫는 곳까지 있다. 그런 와중에 치료원마저 관광객들로 북적거린다는 사태가 된다면, 우리 모험가는 목숨을 잃을 수도 있지. 게다가 모험가란 늘 평소와 다른 것에 민감하게 반응한다. 변화를 바람직하지 않게 받아들이는 비뚤어진 구석들이 있어서 말이야.”

아르벨 씨가 쓴웃음을 지었다. 그런 그녀에게 나는 추출을 끝낸 커피를 내놓았다.

“아아, 이 향! 이 향기를 이제나저제나 기다렸다.”

아르벨 씨는 컵을 들어 올려 코를 가까이 대고 눈가를 부드럽게 누그러뜨리며 미소를 지었다. 그 온화한 그 표정을 내가 끓인 커피가 만들어냈다고 생각하니 가슴이 따뜻해졌다.

아르벨 씨는 커피를 한 모금 마시고, 눈썹이 모일 정도로 눈을 꼭 감았다. 그리고 가볍게 턱짓을 하며 「하아」 하고 요염한 숨을 토해냈다.

“몸에 스며드는 이 느낌…… 마치, 결핍되었던 것이 채워지는 이 감각은 몇 번을 마셔도 참을 수가 없어. 나는 술은 마시지 못하지만 술을 마시는 사람들도 분명히 이 감각을 추구하는 것이겠지.”

“그렇게까지 말해주시니 커피도 저도 기쁘네요.”

동시에, 그건 중독 증상이 아닐까…… 하고 걱정이 되기도 했다. 커피 안에는 카페인이라는 성분이 포함돼 있어서,

지나치게 섭취하면 의존증을 동반하거나 중독사를 일으키거나 했다. 물론, 커피 한 잔으로 섭취할 수 있는 카페인의 양은 미미했기 때문에, 물처럼 들이키거나 하지 않는 이상 무서워할 필요는 없었다. ……그럴 터였다.

"마스터. 또 한 잔 부탁할 수 있을까."

그러나, 눈 깜짝할 사이에 커피를 다 마시고 두 잔째를 요구하는 아르벨 씨를 앞에 두자, 낙관적으로 단언하는 것도 망설여졌다. 이 사람은 정말 대량으로 커피를 마시는 것이다.

하지만 소녀와도 같이 반짝이는 눈으로 부탁을 해오면 나로서는 불응할 수가 없었다. 나는 재빨리 두 잔째를 준비했다.

"그러고 보니까, 술은 마시지 못하는 건가요? 마시지 않는 것이 아니라?"

"그래. 술에는 약해. 취하기도 전에 먼저 기분이 안 좋아져서 말이지."

"의외네요."

내가 보기에 아르벨 씨는 믿음직스러움을 겸비한 성인 여성이었다.

밤에는 바에서 세련된 칵테일 잔을 기울이는 모습이 그림이 될 것 같았다. 혹은 글래스로 독한 증류주를 쭉 들이키는 모습도 잘 어울릴지 몰랐다.

내가 하고 싶은 말을 간파한 것일까. 아르벨 씨는 웃음을 터뜨렸다.

"그런 말을 자주 듣는다. 모험가인데 술도 못 마시느냐고 말이야. 하지만 이건 부모님께 물려받은 선천적인 체질이다. 아버지도 술이 엄청 약하셨지. 또 지금은 술을 대신할 좋은 것도 발견했고 말이다."

내가 내민 두 잔째 커피를 받아들고 아르벨 씨는 미소를 지었다.

"일이 끝난 심야에 커피 한 잔, 을 할 수 없는 것이 유감이지만 말이야."

아르벨 씨가 장난스럽게 던진 윙크가 내 가슴을 꿰뚫고 지나갔다. 정말 귀엽다.

"흠, 흠."

문득 목을 울리는 것 같은 기침 소리가 들려서 나는 퍼뜩 정신을 차렸다. 카운터 석에는 리나리아도 앉아 있었다. 얼빠진 얼굴로 넋 놓고 있지 말라고 주의를 주는 모양이다.

나는 허둥지둥 표정을 다잡았다. 그러고 있으려니, 도어벨이 성대하게 울렸다. 손님이다. 내가 그렇게 생각하는 것보다도 빨리, 시끌벅적한 목소리가 가게 안으로 밀려들었다.

"여기야, 여기. 이 가게가 말이야. 분위기가 엄청 좋아!"

"어머, 진짜네. 좀 낡은 느낌이지만 좋네. 마사가 옛날부터 이런 데를 매우 좋아했지."

"굉장해! 이제 막 도착했는데, 벌써 이런 곳을 찾아냈다니."

"아니야. 그렇지 않아! 가희님이 오실 때까지 아직 많이 남았는걸. 그때까지 지루하게 지내는 건 싫잖아? 여기저기 다녀보는 것뿐이야."

아주머니들 단체가 빠른 어조로 대화를 나누며 가게 안으로 들어섰다. 그 흐름이 일단 한 번 끊어지는가 싶더니, 다시 문이 열리고 후속 사람들이 들어왔다. 전부해서 여덟 명이었다.

조용했던 가게 안이 갑자기 북적거리기 시작했다. TV였다면 음량을 줄이고 싶은 참이었지만, 현실에서는 그럴 수도 없었다.

인원수를 보고 리나리아가 자리에서 일어나 의자 등받이에 걸쳐놓았던 검은 앞치마를 몸에 둘렀다. 점심때라고 하기에는 아직 일렀지만, 도와주려는 모양이었다. 나는 두 손을 맞대고 감사의 뜻을 전했다.

"……가희의 인기는 굉장하군."

아주머니들을 힐끗 쳐다보고는 아르벨 씨가 작은 목소리로 말했다.

"정말로요. 덕분에 저희 가게도 최근에는 엄청 바빠요."

"어느 가게나 다 그럴 거야. 지금이야말로 좋은 기회라면서 장사에 매진하는 것이 상인이라는 것이겠지."

아르벨 씨는 커피를 쭉 들이켜고는 품에서 동전주머니로 보이는 두루주머니를 꺼냈다.

"어라? 벌써 가시는 건가요?"

평소라면 훨씬 더 오래 머물다 가는 사람인데.

"아아. 이제부터 볼일이 좀 있어서 말이지."

왠지 함축성이 있는 어조였다. 마치 지금 막 생각해낸 것 같은. 내가 그렇게 생각하는 사이, 아르벨 씨는 대금을 놓고 자리에서 일어났다.

"맛있었어. 잘 마셨다."

"아, 예. 고맙습니다. 저, 또 와 주세요."

"물론이지."

아르벨 씨는 가볍게 손을 들어보이고는 가게를 나갔다.

가게 안에 한층 커다란 웃음소리가 울려 퍼졌다. 그쪽으로 시선을 주자, 아주머니들 단체에서 웃음소리가 흘러나오고 있었다. 누군가가 재미있는 농담이라도 했겠지.

리나리아가 손에 메모를 들고 돌아왔다.

"자, 이거. 주문."

나는 이 세계에서 사용하는 문자를 읽을 수 없었다. 그랬지만, 우리 가게에서 다루는 메뉴 정도는 물론 외우고 있었다. 읽는다기보다 기호로서 이해하는 느낌이었다.

문자가 죽 나열돼 있었기 때문에 파악하는데 시간이 좀 걸렸지만, 전부 확인할 수 있었다.

"왜 그래?"

리나리아가 그렇게 물어왔다. 나는 고개를 저었다.

"아니, 아무것도 아니야. 바로 준비할게."

주문은 가벼운 식사와 과일주스가 대부분이었다. 커피를 주문한 사람은 한 사람도 없었다.

일부러 아침에 추가 재료까지 사러 갔다 왔건만, 오늘도 역시 도중에 재료가 다 떨어졌다. 나는 평소의 폐점 시간보다 조금 이르게 가게 문을 닫았다.

"오늘도 굉장했네."

리나리아가 뒤로 묶은 머리카락에 손을 뻗어 어깨 앞으로 가볍게 쓸어내리면서 말했다. 여성스러운 몸짓에 나는 감동하며 고개를 끄덕였다.

"여기 왔던 손님들이 지인들에게 선전을 해주는 모양이야."

지금까지는 혼자 혹은 둘이라는 적은 단위의 손님들이 주류였지만, 점점 세 사람 이상의 단체손님이 늘어나고 있었다.

"요리 쪽은, 괜찮아?"

리나리아가 카운터에서 손으로 턱을 괸 채 나를 올려다보았다.

"으으응."

대답하기 곤란한 질문이었다.

점심은 그렇다 치고, 저녁 때 오는 손님들은 대부분이 식사를 메인으로 주문을 하고 있었다. 완전히 음식점으로 생각하고 있는 모양이었다.

그것도 당연할 것이다. 원래부터 이 세계에는 카페라는 개념이 없던 것이다. 내가 멋대로 카페라고 주장하며 커피나 가벼운 식사를 제공하는 가게를 운영하고 있을 뿐이었다.

손님으로서는 배가 고파서 들어간 가게에서 왠지 신기한 이름의 요리가 있었기 때문에 주문하고 있는 것뿐이었다.

그것을 두고 요리만을 주문해서 기대에 어긋났다고는 말할 수는 없었다. 차라리 밤에는 요리를 중심으로 해서 술도 골고루 갖춰놓는 편이 성공하지 않을까, 하는 생각마저 들 정도였다.

그러나 뭐가 됐든 요리는 나 혼자 준비하는 것을 전제로 해야 했다. 거기에 음료의 준비도 필요하다. 주문을 받고, 음식을 나르고, 계산을 하고 테이블을 정리하는 일은 리나리아가 맡고 있었지만, 일손 부족은 심각해지는 양상을 보이기 시작하고 있었다.

"괜찮지는, 않은 거겠지."

"그렇겠지."

나는 리나리아와 둘이서 얼굴을 마주하고 쓴웃음을 지었다.

오늘도 꽤나 주문이 밀리고 말았다. 준비해 둔 요리 메뉴는 많지 않았고, 사전 준비도 모두 확실하게 해두었다. 그러나 그래도 역시 나 혼자서 할 수 있는 일에는 한계가 있었다.

지금은 아직, 손님들이 공유하고 있는 일종의 축제와도 같은 고양감 덕분에, 다소 기다리는 시간이 길어도 불평으로까지 번지지는 않았다. 하지만 지금 이대로 놔둘 수는 없다.

"어쩔 거야?"

"어쩔까. 요리를 할 수 있는 사람을 늘리다니, 그게 그렇게 쉽게 말할 수 있는 일도 아니고."

우리 가게가 이렇게나 바쁜 것이다. 전문 음식점은 한층 더 번창하고 있을 것이다. 어디나 일손이 부족할 것은 틀림없었다.

"설마, 이런 일로 고민하는 날이 올 줄을 몰랐어."

"기쁜 고민이라는 건가? 손님이 늘어서 다행이잖아. 늘 텅텅 비었으니까."

리나리아가 나를 놀리듯이 히죽히죽 웃었다.

"그건 뭐, 기쁘긴 하지만."

지금까지 이렇게나 손님이 가게에 온 적이 있었던가. 아니, 없었다. 매상도 근사했다.

"다만 말이지."

"뭐야. 뭔가 불만이라도 있어?"

"불만, 인 건 아니지만 말이지. 이거, 카페의 일이 아니라고 생각해."

"시기가 시기인걸. 어쩔 수 없잖아. 관광객이란 보기 드문 장소에 보기 드문 음식을 먹고 마실 수 있었으면 그걸로 만족하니까."

리나리아가 손을 살래살래 흔들면서 될 대로 되라는 듯이 말했다. 그 거리낌 없는 비평에 나도 웃고 말았다.

분명, 리나리아가 말하는 대로일지도 몰랐다.

내 요리를 먹으러 손님들이 와 주었다. 맛있다고 하며, 돈을 지불해주었다. 설령 그것이 어딘지 신기해서 그러는 것이라고 해도, 기쁜 일임에는 변함이 없었다.

그것은 마치, 자신의 가치를 인정받는 것 같기도 해서 기분이 괜찮았다.

"그런데 우리 저녁밥은 어떻게 할 거야? 내가 가서 뭔가 사올까?"

리나리아에게 그 말을 듣고 나는 겨우 나 자신의 배 상태를 알아차렸다. 배는 텅텅 비어있었다.

"실은, 우리 저녁밥 몫만큼은 따로 빼놓았어."

"과연. 대단해."

리나리아가 짝짝 박수를 쳐보였다. 나는 가슴을 펴며 뽐내는 얼굴을 해 보이고는, 냉장고에서 저녁밥용 식재료를 꺼냈다.

오늘은 무려, 생선 요리였다. 그렇다고는 해도, 한 마리 통째가 아니라 뼈를 발라내고 두 토막 낸 것 중 한 토막이었다. 그래도 양손으로 들어야 할 정도로 크기가 컸다.

카운터 너머에서 재빠르게 그것을 알아차린 리나리아가 환성을 질렀다.

"소로모스잖아! 비쌌지? 그거."

"아침에 재료를 사러 갔을 때, 생선가게 아주머니에게 붙잡혀서 말이야. 좀처럼 먹을 수 있는 생선이 아니니까 먹어 보라면서 싸게 해 주셨어. 왜, 생선가게 아주머니도 우리 가게 단골이니까."

어느 세계에서나 아주머니들은 친절했다.

"단골이라고 해서 그렇게 쉽게 싸게 해줄 수 있는 생선이 아니야……."

"듣자하니, 내가 아드님 젊었을 때랑 똑 닮았다는 것 같아."

소로모스라 불린 생선은 만개한 벚꽃과도 같이 아름다운 몸을 하고 있었다. 생선가게 아주머니의 말에 따르면, 초여름의 짧은 기간 동안에만 잡을 수 있는 고급 어종이라는 것 같았다.

"가게에서는 내지 않을 거야?"

리나리아가 물었다. 그 질문에 나는 고개를 저었다.

"생선요리는 어려워. 생선 다듬는 것도 힘들고, 위생면 신경을 써야 해. 게다가 맛있게 조리하려면 기술이 필요하고. 뭣보다, 냄새가 남으니까."

커피향이 주방에서 새어나오는 비린내에 방해를 받아서야 주객이 전도되는 꼴이었다. 거기에, 생선요리까지 내기 시작하면, 그것이야말로 진짜 레스토랑이었다.

"흐응. 하지만 요리는 할 수 있는 거야?"

"간단한 것이라면."

그야말로 살과 뼈를 발라낸 뒤, 회로 만들든가 튀기든가 그런 것이었다. 하지만 이 세계에서 회는 그다지 일반적이지 않다고 한다.

마술을 이용해 먼 곳까지 물건을 나르는 기술이 발달한 것은 최근이라고 했다. 그 때문에 이 도시에서는 신선한 생선을 날로 먹는다는 문화가 없었으리라고 생각된다.

"그런 고로, 오늘의 직원식사는 소로모스의 뫼니에르로 하려고 합니다."

그런데 내가 그렇게 선언하자, 리나리아가 턱을 괸 자세 그대로 한 손을 들었다.

"실례합니다, 교수님. 질문을 해도 될까요."

"뭔가, 리나리아 군. 간결하게 말해 보게나."

"예, 교수님. 저는 뫼니에르라는 요리를 알지 못합니다. 지도를 부탁드립니다."

"좋네. 잘 듣도록. 우선은 생선을 토막을 낸 뒤, 소금과 후추를 뿌려 밑간을 합니다."

나는 생선에서 적당한 크기로 네 조각 정도를 잘라 낸 뒤, 나머지는 다시 냉장고에 집어넣었다.

"다음에는 이 밀가루를 입힙니다."

"하얘졌네."

"그 하얀 게 중요합니다. 하지만, 너무 많이 묻은 밀가루는 확실하게 털어냅니다. 식감이 안 좋아지니까요."

그런 다음, 프라이팬에 기름을 두르고 소로모스의 살덩어리를 늘어놓은 뒤, 불을 중불로 했다.

"노릇노릇하게 구워질 때까지 놔둡니다. 그 사이, 샐러드와 빵을 준비합니다."

"여긴 맡겨 둬. 단단히 지켜보고 있을게."

리나리아가 프라이팬에서 구워지는 소로모스를 황홀하다는 것처럼 바라보았다. 식욕이 왕성한 리나리아에게는 소로모스라는 생선은 매우 매력적인 모양이었다.

감시를 리나리아에게 맡긴 사이, 나는 간단하게 샐러드를 만들고 빵을 잘랐다. 직원끼리의 식사라는 걸 변명삼아 조금 너무 날림으로 만드는 것이 아닐까. 뭐, 괜찮나.

슬슬 다 됐을까. 그런 생각에 나는 몸을 돌려 프라이팬을 살펴보았다. 그러자 그곳에는 황금과도 같은 매력적인 색이 떠올라 있었다. 나는 생선의 껍질을 프라이팬의 측면에 갖다 대어 노릇노릇하게 구웠다.

생선이 구워짐에 따라 향이 강하게 피어올랐다.

"하아…… 냄새 좋다. 배가 고파졌어……."

"응…… 생선 굽는 냄새는 왜 이렇게 식욕을 자극하는 걸까……."

한숨 돌릴 틈도 없이 계속 일한 우리는 뱃가죽이 등에 달라붙어 있었다. 우리의 배는 빨리 밥을 내놓으라고 지금도 강하게 항의하고 있었다. 당장에라도 합창을 시작할 것 같을 정도였다.

아직 다 안 구워진 거냐, 그렇게 말하고 싶은 기색으로 리나리아가 나를 힐끗 힐끗 쳐다보았다.

나는 생선을 바라보며 참고 또 참았다.

나 역시 지금 당장에라도 먹고 싶은 마음은 굴뚝같았다. 그러나 서두른 결과 설구워지는 것은 전혀 좋지 않았다. 식재료가 아무리 좋아도, 익히는 정도를 실패하면 그것만으로도 모든 것이 물거품이 돼 버렸다.

앞면을 완전히 다 구웠기 때문에 뒷면은 그렇게까지 구울 필요는 없었다.

리나리아가 더 이상 기다릴 수 없다는 듯 안절부절 어깨를 들썩이기 시작했기 때문에 나는 불을 멈추었다. 프라이팬을 기울이자, 소로모스의 몸이 배어나온 기름이 고였기 때문에 그것을 닦아냈다.

「아, 완성인 건가」하고 리나리아가 몸을 일으켰다. 그러나 이제부터가 중요했다.

나는 도마 위에 준비해둔 버터 덩어리에 식칼을 찔러 넣었다. 그리고 마치 두껍게 자른 베이컨처럼 두툼한 그 버터를 프라이팬에 투입했다.

"우와."

리나리아가 비명인지 환성인지 모를 소리를 질렀다. 얼굴을 보니, 그런 무서운 짓을 해도 괜찮으냐고 말하고 싶기라도 한 것 같았다.

그 마음은 이해할 수 있었다. 버터란 죄 많은 재료였다. 대량으로 먹는 일에는 죄악감조차 들었다.

그러나 지금은 이래도 괜찮았다. 뫼니에르란 원래 그런 요리인 것이다.

아낌없이 듬뿍 넣은 버터가 깊은 감칠맛을 내어 뇌를 뒤흔드는 것 같은 맛을 만들어냈다.

나도 사실은 이런 죄를 저지르고 싶지는 않았다. 하지만 어쩔 수 없지 않은가. 이렇게 하라고 요리책에 쓰여 있었으니까. 나쁜 것은 내가 아니었다. 이것을 생각해 낸 사람이었다. 즉, 뫼니에르는 합법적인 버터요리인 것이다.

나는 화로의 불을 약불로 줄이고 버터가 녹는 모습을 바라보았다. 버터덩어리는 지글지글 하고 가장자리부터 작아졌다. 녹은 버터가 구워진 소로모스에 배어들었다.

버터가 다 녹자, 나는 불을 멈추고 구운 생선에 충분히 묻혔다. 그리고 생선을 접시에 옮긴 다음, 남은 버터를 그 위에 부었다.

"자, 완성."

리나리아는 내가 카운터 위에 올려놓은 그것을 물끄러미 바라보며 꿀꺽 침을 삼켰다.

"이렇게…… 이렇게 무시무시한 요리라고는 생각하지 못했어…… 굉장해, 뫼니에르."

버터를 듬뿍 넣고 생선을 굽는다는 조리법은 리나리아의

마음을 그대로 저격한 모양이었다. 테이블로 옮기는 중에도 리나리아는 뫼니에르를 응시하며 시선을 떼지 못했다.

나도 뒷정리를 대충하고 테이블로 자리를 옮겨, 드디어 둘이서 저녁밥을 먹게 되었다.

다만 조금 불안하기도 했다. 나는 소로모스를 연어 같은 생선이라고 생각해 뫼니에르로 했다. 그러나 이곳은 이세계였다. 이 생선인 사실은 과일 같은 맛이 난다든가 혹은 불을 가하면 고기처럼 딱딱해진다든가 그럴 가능성이 있었다. 먹어보지 않고는 성공했는지 어떤지 알 수 없었다.

그런 생각에 나는 잠시 손을 멈추고 있었다. 그 사이, 리나리아는 재빨리 한입 째를 입에 넣고 씹고 있었다. 나는 저도 모르게 그녀의 반응을 살폈다.

리나리아는 눈을 크게 떴다. 그녀는 손등을 입에 갖다 댄 채 입 안에 든 것을 계속 씹었다.

그리고 그것을 꿀꺽 삼키고는 진지한 얼굴로 나를 보았다.

"나, 이제부터는 뫼니에르만 먹으면서 살겠어."

순간 테이블 위에 세우고 있던 팔꿈치가 미끄러졌다. 스스로 생각해도 너무 흔한 반응이었나 싶어서 부끄러워졌다. 긴장하고 있던 만큼, 어린아이 같은 감상에 허를 찔린 것이다.

"그건, 맛있다는 거야?"

재빠르게 두입 째를 오물거리던 리나리아는 입안의 음식물로 볼을 볼록하게 한 채 고개를 끄덕였다.

그 모습이 왠지 흐뭇해서 나는 리나리아가 먹는 것을 가만히 바라보았다.

자신이 만든 것을 맛있다고 말하며 먹어주는 사람이 눈앞에 있는 것은 매우 기쁜 일이었다.

따뜻한 기분으로 나도 소로모스의 뫼니에르에 나이프를 대었다. 단면은 짙은 분홍색이었다. 그 또렷하고 산뜻한 색깔에 눈도 즐거웠다.

살점을 한 점 입에 넣자, 버터의 풍미가 코로 빠져나갔다. 그리고 소로모스에서 흘러나온 감칠맛 넘치는 기름이 혀 위에서 날뛰었다.

참지 못하고 나는 살점을 깨물었다. 그러자 잘 구워진 표면이 바삭 하는 소리를 냈다. 그 밑에 있는 소로모스의 살은 섬세하고 부드러웠다.

씹을 때마다 샘처럼 육즙이 흘러나왔다. 자칫 느끼하다고 여겨질 정도의 그 농후함을 버터가 부드럽게 누그러뜨리고 있었다.

이건 슈퍼에서 파는 버터를 썼다면 틀림없이 실패했을 것이다.

이 세계의, 화학적으로 조정되지 않은 자연 그대로의, 신선한 재료로 만들어진 버터만이 가진 순한 맛이 소로모스의 강한 맛을 살포시 부드럽게 감싸고 있는 것이었다.

나는 저도 모르게 접시를 내려다보았다. 이것은 오히려 감동적일 정도의 맛이었다.

“소로모스의 뫼니에르…… 설마 이 정도일 줄이야.”

리나리아는 한 조각을 다 먹어치우고 어느샌가 두 조각째에 돌입하고 있었다.

“이렇게 맛있는 음식을 먹을 수 있다면, 이제 계속 여기 있고 싶을 정도야.”

그 말에 나는 얼굴을 들었다.

그러나 리나리아는 행복하다는 얼굴로 뫼니에르를 우물거릴 뿐, 자신이 한 말은 알아차리지 못한 것 같았다.

나는 살짝 쓴웃음을 지어보이고는 잘라놓은 소로모스 조각에 포크를 꽂았다.

그럼 매일이라도 뫼니에르를 만들게, 그렇게 말할 수 있을 리는 없었다.

4

문득 옛날 일이 떠올랐다. 그것은 내가 아직 이 세계에 온 지 얼마 되지 않았을 무렵의 이야기였다.

학교에서 집으로 돌아오는 길이었다. 갑자기 훅 하고 발밑이 불안정해지는가 싶더니, 추락하는 것 같은 감각에 휩싸였다. 그곳에 뚜껑이 없는 맨홀이라도 있었나, 라고 생각했을 정도였다. 그리고 퍼뜩 정신을 차려보니 나는 미궁 안에 아무렇게나 쓰러져 있었다.

그때 느낀 당황스러움과 혼란스러움은 말로 다 표현할 수가 없었다. 그렇긴 했지만, 너무 혼란스러웠던 나머지 지금은 그때 일이 잘 기억이 나지 않았다.

어쨌든, 갑자기 미궁에 떨어진 나를 보호해 준 것이 이 가게의 원래 주인인 성격 고약한 할아버지였다.

실은 내가 할아버지에 대해 아는 것은 많지 않았다.

은퇴한 모험가라는 것. 엄청나게 인기가 없는 주점을 운영하고 있었다는 것. 체스에 강하다는 것. 붙임성이 없고 겉모습이 무섭다는 것. 그런 것 정도이리라.

어쨌든 할아버지는 내게 가게를 맡기고는 훌쩍 여행을 떠나고 만 것이다. 전부터 그럴 생각이었던 듯, 가게를 닫을 예정이 조금 달라진 것뿐이다, 라는 정도로 생각하고 있던 것 같았다.

이왕이면 카페가 좋다고 말을 꺼낸 내게, 할아버지는 이유를 깊게 묻지 않았다.

카페라는 둥 커피라는 둥 열변을 늘어놓는 내 말을 한 귀로 흘리며, 돈은 대 줄 테니 좋을 대로 하라고 나른한 기색으로 말했을 뿐이었다.

냉정하게 생각해 보면, 할아버지는 용케 그런 일에 협력해 주었다고 생각한다. 카페를 열기 위해서는 상당한 금액을 들여야 했다. 그리고 뭣보다, 할아버지가 보기에 나는 한결

같이 이해할 수 없는 말만 늘어놓는 수상쩍은 인물이었을 텐데.

그런 상대에게 가게를 맡기고, 당분간의 생활비라며 돈도 남긴 채 훌쩍 여행을 떠난다는 것은 제정신이 아닌 것 같은 생각이 들었다.

아니, 정말로 감사는 하고 있었고, 가능하다면 다시 한 번 만나서 제대로 고맙다는 인사를 하고 싶었다. 하지만 할아버지에게서는 편지 한 통 오지 않았다.

개점 직후의 카페는 그야말로 처참했다.

손님이 오지 않아 늘 한산했다. 서툴게나마 장부를 적어보면 매일이 적자였고, 손님을 끌어 모을 방법도 알지 못했다. 장사의 혹독함을 온몸으로 체험하는 나날의 연속이었다.

어느 날, 맹세를 했던 일을 지금도 기억하고 있었다.

「언젠가 이 가게를 만석으로 만들 테다」라고. 「크게 번창시켜서 적자에 고민하지 않도록 할 거다」라고. 「아니, 그 이전에 왜 나는 가게를 하고 있는 것일까, 그만두고 싶다」 라고.

그리고 지금, 그것이 드디어 현실이 되어—.

"각종 버섯을 넣고 푹 찐 햄버거 둘 추가야."

"……이렇게 될 거라고 옛날의 나한테 말해도 믿지 않겠지…… 헤헤."

"잠깐, 괴상하게 웃지 말고 손을 움직여."

리나리아가 주방으로 들어와 냉장고에서 과일주스가 든

병을 꺼내 잔에 따랐다.

너무나도 많은 부분에 손길이 미치지 못하게 된 결과, 커피 이외의 음료는 리나리아가 담당하게 되었다. 리나리아가 너무 유능해서 무서웠다.

한편, 나는 늘 한계 직전이었다.

화구는 전부 프라이팬과 냄비로 가득 차 있었고, 눈높이에 맞춰 가로로 달아놓은 끈에는 리나리아가 적어온 주문지가 빼곡하게 매달려 있었다. 더는 무리야. 기브업.

"나 말이지…… 요리사가 아니라고…… 무리야, 무리…… 주문이 너무 많아……"

"불평하지 말고 힘내."

리나리아의 따뜻한 (상냥하다는 의미가 아니다) 성원을 받으면서 나는 일심불란하게 요리를 계속했다. 그것은 예를 든다면 핫샌드나, 파스타나, 햄버거나 팬케이크이거나 했다.

메뉴를 줄이는 것으로 음식을 만드는 순서나 준비해두는 재료를 간략화하려고 했지만, 이만큼 주문이 밀려들어오면 그 작전도 의미가 없었던 것 같은 생각이 들었다.

혹은 지금부터라도, 좀 더 간단한 메뉴로 변경해야 하는 것일까.

나는 프라이팬 중 하나로 핫샌드를 눌러 구우면서 가게 안을 둘러보았다.

"꿈에서까지 봤던 만석이다."

테이블에서 카운터까지, 모두 손님들도 꽉 차 있었다.

사실은 만석이 되기 전에 먼저 입점을 제한하고 싶었다. 하지만, 바빠서 그쪽에는 신경을 쓰지 못하던 사이에 어느 샌가 손님이 자리에 앉아버렸다.

가게 안에 담소하는 목소리가 울려 퍼져서, 활기차다기보다는 오히려 시끄러울 정도였다. 관광객들은 하나같이 밝고 쾌활한 사람들인 모양이었다.

참고로 문 건너편에는 빈 자리가 나기를 기다리는 손님조차 있었다.

"다 됐어?"

리나리아가 카운터 너머로 물어왔다.

나는 완성된 핫샌드를 접시에 옮겨 담고, 메모지와 함께 리나리아에게 건넸다. 원래는 그 위에 온천달걀을 올리고 싶었지만, 이렇게 바쁜 가운데에서는 거기까지는 손길이 닿지 않았다.

핫샌드를 테이블로 나르는 리나리아를 눈으로 좇으며, 나는 또다시 핫샌드를 굽기 시작했다. 앞으로 나는 몇 개의 핫샌드를 더 만들면 되는 것일까.

그와 병행해 파스타를 볶고, 햄버거를 구웠다. 동시에 이것도 저것도 진행시켜나갔다.

아침에 열심히 재료를 준비해 둔 덕분에 가게는 그럭저럭 돌아갔다. 그래도 제공하는 속도가 느려서, 일본이었다면 바로 불만을 제기해 왔을 것이다. 하지만 이 세계의 사람들은 시간에 그다지 엄격하지 않았다. 혼잡한 것에도 별로 신경을 쓰지 않았고, 요리가 나오지 않아도 크게 개의치 않았다.

이쪽으로서는 고마운 일이었다. 그렇지만, 그렇다고 오히려 뻔뻔해질 수 있을 정도로 간이 크지 못한 것이 나라는 인간이었다.

머릿속에서 끊임없이 위험해위험해라는 말이 시끄럽게 울려 퍼졌고, 나는 그저 요리하는데 집중했다.

그런 상태였으니, 손님 한 명 한 명의 얼굴을 볼 수도, 손님과 대화를 나눌 수도 없었다. 그저, 「잘 먹었어요」라는 말을 들을 때마다, 「고맙습니다!」라고 대꾸하는 것이 고작이었다.

가장 바쁜 점심때가 지나고 손님들의 발길이 진정된 때를 봐서, 나는 가게 밖에 걸어둔 「영업 중」팻말을 「준비 중」으로 뒤집었다. 이미 체력은 한계를 드러내고 있었다.

새로이 들어오는 손님이 없어지자, 우리도 그제야 차분하게 일을 할 수가 있었다. 손님이 한 명, 한 명 줄어듦에 따라, 겨우 설거지나 조리도구들이 어지럽게 널려있는 주방의 정리를 할 수 있게 되었다.

그리고, 마침내 마지막 손님이 돌아가자 우리는 겨우 휴식을 가졌다.

나는 정리도 대충 하고 카운터석에 앉아 어깨를 두드렸다.

"……정말 엄청난 수였어."

"……잘 됐잖아. 대번창이야."

리나리아가 앞치마를 벗어 의자 등받이에 걸치고는 내 옆에 앉았다.

"어딘가에서 화제라도 된 걸까. 아무리 그래도 사람이 너무 많아. 이제는 나로는 감당이 되지 않아."

"오늘은 역시나 나도 좀 무리일 것 같았어."

리나리아가 팔을 쭉 뻗은 채로 카운터에 엎드렸다.

애초에 이 정도 넓이의 가게에 주방과 홀에 사람이 한 명씩밖에 없다는 것은 무리가 있었다.

지금까지는 리나리아가 노도와도 같은 활약을 보여주었기 때문에 어떻게든 되었지만, 어느 쪽이 됐든 서로 부담이 크다는 점은 변하지 않았다.

"역시 사람을 고용해야겠어. 이런 상황이 매일 계속된다면, 우리 두 사람으로는 도저히 무리야."

"그러, 네. 적어도 또 한 명이나 두 명은 있어주지 않으면……."

일손부족으로 고민하는 날이 올 줄은 생각조차 하지 못했다. 일할 사람을 어떻게 모집하면 좋을지도 알 수 없었다.

"모험가 길드에 의뢰를 해볼까."

"그것보다는 상업 길드 쪽이 더 낫지 않을까? 경험이 있는 사람들은 그쪽으로 가겠지. 하지만…… 요즘에는 어느 가게든 다들 일손이 부족할 테니까, 곧바로는 어떻게 안 될지도 몰라."

리나리아의 말은 지당했다. 얼마 전까지만 해도 손님이 오지 않아 고민이었던 우리 가게조차 갑자기 이렇게 바빠진 것이다. 다른 가게가 한가할 리가 없었다. 눈코 뜰 새 없이 바쁠 터였다.

그렇다고 해서 포기할 수는 없었다. 한 가닥의 희망을 걸고 상담만이라도 해보지 않는다면, 우리는 머지않아 과로사할 것 같았다.

나와 리나리아는 깊이 한숨을 내쉬었다. 그러고 있으려니, 도어벨이 요란하게 울렸다. 그리고 그 도어벨의 여운에 겹치듯이 누군가의 목소리가 날아왔다.

"리나리아씨이게무슨일인가요부디거짓말이라고말해주세요이곳에서숙박하고있다는게정말인가요!"

우리는 소리가 난 쪽으로 시선을 향했다. 그러자 리나리아와 같은 에이리얼 마술학원의 교복을 입은 여자아이가 카운터를 향해 달려오고 있었다. 머리에 쓴 교모가 금방이라도 미끄러져 떨어질 것 같았다.

"아아, 다행이다! 무사해서 정말로 다행이에요! 이 남자에게 무슨 일을 당하진 않았나요?! 가령, 그, 발칙한 일이라든가!"

리나리아에게 매달리듯이 해서 그 여자아이— 아이나레라는 빠른 어조로 연달아 질문을 했다.

리나리아는 눈썹을 찡그리며 맞닿을 것 같을 정도로 접근

해 온 아이나의 얼굴을 밀어내려고 했다.

"좀, 너무 가까워."

"왜 저와 상의하지 않은 건가요. 여관 하나나 둘, 수배해 드리는 건 물론, 오히려 아무쪼록 저희 저택에 머물러주셨으면 했건만!"

말하는 내용은 친절함에 넘치는 것이었지만, 정작 말을 하는 아이나는 콧김도 거칠었고 부릅뜬 두 눈에는 핏발이 서 있었다.

"왜 아이나하고 상의를 해야 하는데."

그렇게 리나리아는 쌀쌀맞게 말했다.

아이나는 원래 리나리아의 스토커 같은 처지에 있던 여자아이였다. 하지만 그것은 결코 위험한 생각에서가 아니라, 단순히 동경하는 존재였던 리나리아와 친해지고 싶다는 마음에서 비롯된 행동이었다. 대수롭지 않은 사건을 계기로, 지금은 당당하게 친구가 되어 있었다.

그러나 리나리아를 생각하는 마음은 수그러들 줄 몰라서, 때때로 이렇게 폭주하는 것이었다. 어차피 지금도 「저도 리나리아 씨와 같이 살고 싶어요」라고 생각하고 있을 것이 틀림없었다.

"저도 리나리아와 같이 살고 싶어요! 치사해요! 지금부터라도 늦지 않았어요! 자, 저희 저택으로 오세요!"

"……사양할게."

리나리아는 쓰러지기 일보 직전까지 몸을 뒤로 젖혀 거리를 벌리면서 말했다.

“왜인가요?!”

“신변의 위험이 느껴지니까.”

“저보다도 저 남자가 더 안전하다고! 그렇게 말씀하시는 건가요?!”

아이나는 내게 척 손가락을 들이댔다. 방금 전부터 말이 좀 심한 것 같았다.

리나리아는 나와 아이나를 번갈아 쳐다보더니, 말없이 고개를 끄덕였다.

“그럴슈가.”

아이나는 눈썹을 일그러뜨리며, 그 자리에 무너지듯이 무릎을 꿇었다.

리나리아가 신뢰해 주는 일은 기뻤지만, 그, 뭘까. 남자로 여겨지고 있지 않은 것 같은 기분도 들어서, 그것은 그것대로 마음이 복잡했다.

“그것보다. 아이나도 여름 방학인 거 아냐? 교복을 입고 있는데.”

아이나는 얼굴을 들고 눈물이 그렁그렁한 눈으로 나를 노려보았다.

“……학원에서 폭발 사고가 일어났다는 소식을 듣고, 영지에서 바로 달려온 거예요.”

"영지라니?"

"본가이신 포아로제스 백작령입니다. 이곳에서라면 마차로 여섯 시간쯤 걸릴까요."

"우왓."

갑자기 등 뒤에서 목소리가 들려와 나는 의자에서 펄쩍 뛰어올랐다. 뒤를 돌아보니, 어느새 메이드가 한 명 서 있었다.

"오, 오랜만이네요."

"예. 오랜만에 뵙니다. 변함없이 건강하신 것 같군요. 기쁘게 생각합니다."

메이드 씨는 표정을 조금도 움직이지 않은 채 그렇게 말했다.

메이드 씨는 등줄기를 곧게 펴고 두 손은 배 앞에서 다소곳이 모으고 있었다. 매우 잘 닦아놓은 잔처럼 세련된 모습은 오히려 박력조차 느끼게 했다.

분명히 토토라는 이름의 이 여성은 아이나 전속의 메이드였을 터였다. 이따금 아이나를 따라 가게에 온 적도 있었다.

"서둘러서 학원으로 돌아와 보니, 건물은 반쯤 무너졌지, 기숙사는 벽이 없어졌지 남은 학생들은 전원 내보냈다고 하지."

아이나가 자리에서 일어났다. 그러자 토토는 발소리도 내지 않고 달려가 교복의 매무새를 고쳐주거나, 리본타이를 바로잡아주거나 했다.

"리나리아 씨는 어디로 있느냐고 물어도 아무도 가르쳐주지 않지."

그리고 아이나의 등 뒤로 돌아가더니 머리에 손을 올려 비뚤어진 모자도 고쳐 씌워주었다.

"토토에게 알아보라고 했더니, 이럴 수가. 이곳 2층에서 숙박하고 있다고 말하는 게 아니겠어요! 그것도, 접객까지 하고 있다고!"

품에서 꺼낸 빗으로 아이나의 흐트러진 머리카락까지 정돈하고 나서야, 토토는 다시 아이나에게서 떨어져 인형처럼 움직이지 않게 되었다.

"리나리아 씨를 이런 곳에 놔둘 수는 없습니다! 정조의 위기예요!"

아이나가 강하게 내뱉었다. 하는 말은 처음의 내용으로 되돌아가 있었지만, 그런 일은 아무래도 좋았다.

"대단한걸, 메이드 씨……."

"대단해……."

나는 리나리아와 둘이서 토토의 일하는 솜씨에 감탄하고 있었다.

"아침에 가게를 도와줬으면 좋겠다……."

"엄청 도움이 될 거야……."

"황송합니다."

토토는 가볍게 고개를 숙여 인사를 했다.

"저, 예, 요! 얘기를 하고 있는 건 저라고요! 잠깐만요, 거기 두 분! 여기요! 여기를 봐 달라니까요!"

시야 가장자리에서 아이나가 손을 흔들었다.

"역시 메이드는 힘든가?"

내가 그렇게 물었다.

"그야 힘들겠지. 매일 귀족을 상대해야 하잖아? 긴장을 늦출 수가 없을 거야."

리나리아가 그렇게 대답했다.

"하는 보람이 있는 일입니다."

메이드 씨가 그렇게 말했다.

"……저, 울어버릴 거예요? 그래도 괜찮은 건가요? 괜찮은 거죠?"

아이나가 떨리는 목소리로 그렇게 말했다.

의외로 진짜로 울 것 같았기 때문에, 우리는 장난을 멈추고 아이나 쪽으로 돌아섰다.

"그래서, 여기엔 갑자기 무슨 일이야?"

"잘도 뻔뻔스럽게…… 이렇게 되면 사회적으로…… 귀족의 힘을…… 밤길에…… 묻어버리면……."

아이나는 앞 머리카락으로 눈을 가린 채 중얼중얼 뭔가를 중얼거렸다. 나는 등줄기가 오싹해졌다.

"미안, 리나리아. 내일부터는 가게를 맡겨도 될까? 볼일이 좀 생겨서 말이야."

"안 돼. 죽든가 요리를 하든가 둘 중 하나를 선택해."

"선택지가 너무 과격하잖아."

"아가씨의 시종으로서, 되도록 고통이 적은 방법을 진언드리겠습니다. 안심하십시오."

"이 메이드 씨도 과격해."

"그러니까 저를 놔두고 셋이서만 사이좋게 얘기하지 말아주시겠어요?!"

아이나가 두팔을 들고 바쁘게 흔들었다. 정말 유쾌한 아이였다.

풉. 리나리아가 뿜어내듯이 웃음을 터뜨렸다. 그것에 이끌려서 나도 웃고 말았다. 토토는 고상하게 손가락 끝으로 입가를 가리고 있었지만, 그것은 어떻게 봐도 웃고 있는 것이리라.

아이나는 웃기 시작한 우리를 앞에 두고 뾰로통한 얼굴을 했지만 곧 어깨를 축 늘어뜨렸다.

"이상해요…… 저, 이런 역할이 아닐 텐데 말이죠……."

5

우리가 테이블을 둘러싸고 앉자, 토토가 「취사장을 빌리겠습니다」라고 말하고는 카운터 건너편으로 돌아 들어갔다.

뭘까 하는 생각에 그 모습을 지켜보고 있으려니, 토토는 익숙한 손놀림으로 선반에서 컵을 꺼내고, 뜨거운 물을 끓였다.

어디에 무엇이 있는지는 물론, 기구를 다루는 법도 아는 것 같은 그 움직임은 마치 우리 가게에서 일한 적이라도 있는 것 같았다.

"……저기, 왜 그렇게 익숙한 거야?"

"메이드이니까요."

내 의문에 토토는 태연하게 대답했다.

그런가. 메이드이기 때문인가…….

"너무 깊게 생각하지 않는 편이 좋아요."

아이나가 말했다. 그 말에 나는 순순히 그 의견을 받아들이기로 했다. 고용주가 그렇게 말하는 것이다. 내가 신경을 써 봤자 소용없는 일이리라.

이윽고 토토가 우리가 앉은 테이블로 세 사람 분의 잔을 날라 왔다. 그릇은 커피 잔이었지만, 안에 담긴 액체는 어떻게 봐도 홍차였다. 우리 가게에 홍찻잎은 없을 텐데.

"저기, 어떻게 홍차를…… 아니, 아무것도 아닙니다."

아무렇지도 않게 잔에 손을 뻗는 아이나를 본받아서 나도 잔을 들어올렸다.

"다시금 여쭐게요. 리나리아 씨, 부디 저희 저택에 오지 않으시겠어요?"

리나리아는 잔에 입을 갖다 댄 채 아이나를 쳐다보았다.

"마음은 고맙지만, 사양할게."

"왜인가요! 남성과 둘이서 한 지붕 아래 살다니, 너무 위험해요!"

일반론적으로 말하면 그 말 대로겠지, 라고 나도 생각했다.

"하지만, 마차로 여섯 시간이나 걸리잖아?"

내가 그렇게 말하자, 아이나는 후우 하고 한숨을 내쉬었다.

"그건 본관 얘기입니다. 이 도시에는 별관이 있으니까, 리나리아 씨는 이쪽에 묶으시게 할까 생각하고 있어요."

아, 별관인가요. 그런가요.

아이나네 저택이 어떤 곳인지는 알 수 없었지만, 귀족이 살 정도의 집이었다. 고급 호텔에서 지내는 것 같은 느낌이 아닐까.

적어도 변두리의 술집이었던 이 가게의 2층보다는 있기가 편할 것 같다는 생각이 들었다. 나와 둘이서 지낸다는 것도 리나리아가 본다면 스트레스일 테고.

나는 힐끗 리나리아를 보았다. 그녀는 변함없이 홍차를 마시며 「앗뜨」 하고 눈썹을 모으고 있었다. 뭘 하는 걸까, 이 아이.

"어쨌든, 나는 여기가 좋아. 귀족의 저택은 진정이 안 되는걸."

"근본적인 문제……!"

아이나가 머리를 끌어안았다.

"게다가, 가게 일을 돕기에도 여기가 딱 좋고."

"그래요! 바로 그거예요! 왜 리나리아 씨가 이 가게에서 일을 하는 건가요?! 앞치마를 두른 모습을 저도 보고 싶어요!"

대화 속에 천연덕스럽게 자신의 욕망을 섞어 넣지 마.

"가희의 효과인지는 모르겠지만, 최근에 이 가게에도 손님들이 많이 오게 돼서 말이야. 리나리아에게 부탁해서 도움을 받고 있어."

나는 리나리아를 대신해 그렇게 설명을 했다. 그러자 아이나는 눈을 동그랗게 떴다.

"여기에…… 손님이 많이?"

"노골적으로 믿을 수 없습니다, 라는 얼굴을 하지 말아줄래? 이봐, 가게 안을 둘러보면서 확인하지 마, 두 손을 들고 코웃음도 치지 마!"

온몸으로 농담이죠? 라고 말하기라도 싶은 것 같았다.

"참나. 리나리아 씨의 상냥함을 이용하다니, 어쩜 그렇게 악랄할 수 있을까요. 매일 이런 저런 짓을 당해서 억지로 일하고 있는 것이 틀림없어요."

아이나가 손수건을 눈가에 대고 가짜라는 것이 다 티가 나게 우는 척 했다. 거기까지 이르자 나는 말대꾸하는 것을 포기했다.

리나리아도 분명히 기막혀 하고 있을 것이 틀림없다. 그렇게 생각해 나는 리나리아에게 얼굴을 향했다. 하지만 리나리아는 실로 악랄한 미소를 띠고 있었다. 마치 사람을 계략에 빠뜨릴 좋은 생각이 떠올랐다고 하는 것처럼.

“그래. 너무 바빠서 이제는 쓰러질 것 같을 정도야. 두 사람밖에 없는데 손님은 계속 찾아오지, 제대로 쉴 수도 없어서. 그래서 사람을 고용하자는 얘기가 됐는데.”

리나리아가 힐끗 아이나를 보고는 그 시선을 창밖으로 향했다.

“아—아. 누군가 같이 일해 줄 사람은 없을까. 오늘밤부터라도 도와준다면, 나 무척 기쁘겠는데.”

힐끗.

“하지만 그렇게 내 사정에 딱 맞게 사람이 있을 리가 없지. 하아, 정말 곤란해.”

힐끗.

이, 이 얼마나 노골적인 함정인가. 연기를 발로 해도 분수가 있지, 그런 국어책 읽기에 걸리는 인간이 있을 리가—.

“소시민 씨. 실은 저, 마침, 우연히도, 일주일 정도 한가해요. 예. 그렇고말고요. 그러니 부디 아무쪼록, 아니, 무슨 일이 있어도 꼭이라고 부탁한다면 가게 일을 도와도 괜찮아요.”

있다아아아!

아이나가 가슴에 손을 얹고 당당하게 선언했다. 입가에는 미소까지 띠고 있었다.

리나리아는 얼굴을 돌리고 있었지만, 어깨가 떨리고 있었다. 웃음을 완전히 억누르지 못하고 있었다.

NOVEL

방과 후, 이세계 카페에서 커피를 3
© Kazamidori, u-suke 2018 / KADOKAWA CORPORATION
[NOT FOR SALE]

분명히 일손은 필요하다고 리나리아와 상의하긴 했지만, 설마 이렇게 나오리라고는 생각도 하지 못했다. 아니, 그래도.

"……귀족에게 일을 시켜도 괜찮을까."

"아버님은 자주 제게 사회를 구석구석 알아야 한다고 말씀하셨답니다. 이건, 그래요. 사회를 알기 위한 좋은 경험이에요. 예. 틀림없어요."

아이나가 뜻대로 되어 만족스럽다는 것처럼 득의양양한 얼굴을 했다. 하지만, 나는 그것을 무시하고 토토의 기색을 살폈다. 아이나의 시중을 드는 사람이기도 한 그녀 쪽이 상황의 옳고 그름을 더 정확하게 판단해줄 것이 분명했기 때문이었다.

"과연 아가씨이십니다. 훌륭하게 성장하셨군요."

조용한 목소리로 말하면서 토토는 내게 가볍게 고개를 숙여 인사했다. 아무래도 괜찮은 모양이었다.

분명히 잘 아는 사람이 함께 일해 준다면, 그것은 고마운 일이었다.

"그럼, 부탁을 할까."

"훌륭한 판단이에요! 그런데."

문득 아이나가 얼굴을 슥 가까이 갖다 댔다. 뺨은 빨갛게 물들어 있었고, 숨은 거칠었다. 원래부터 미형이었던 만큼, 나는 저도 모르게 긴장을 하고 말았다. 아이나가 작은 목소리로 말했다.

“저도 여기에서 지내고 싶은데요. 가능하다면 리나리아 씨의 옆방에서요.”

“……저택이 있잖아?”

“저택에 리나리아 씨는 없죠.”

진지한 얼굴로 무슨 말을 하는 거냐, 이 녀석.

귀족이란 부자일 터였다. 저택도 넓을 것이 분명했다. 학원 역시 넓고 훌륭했으니 기숙사도 번듯하리라.

그런 곳에서 매일 생활하던 사람을 우리 집에 머물게 해도 괜찮을까. 「어머, 여긴 개집인가요」라느니 어쩌니, 그런 말을 할 수도 있었다.

나는 다시 한 번 토토를 살폈다.

“아가씨는 친구분과의 외박이라는 것을 동경하고 계셨으니까요.”

“잠깐, 토토?!”

아이나가 자리에서 일어나 토토를 쫓고, 토토는 미끄러지듯이 가게 안을 도망쳐 다녔다.

나는 어떻게 할래? 하고 리나리아에게 얼굴을 향했다. 그러자 리나리아는 쓴웃음을 지으면서 고개를 끄덕였다.

그럼 아무 문제없나. 아아, 아니. 내 평정심이 흔들린다는 문제는 있지만. 건전한 남자에게 이런 상황에서 동요하지 말라는 쪽이 더 무리였다. 꿈과도 같은 환경이긴 했지만, 어쨌든 무리였다.

"아가씨의 시중을 들기 위해 저도 방 하나를 빌릴 수 있을까요. 창고라도 상관없습니다."

"우왓."

그때 누군가가 소리도 없이 다가와 내 귓가에 대고 속삭였다. 토토였다. 정말로 기척이라는 것이 존재하질 않았다.

그녀는 아이나의 전속 메이드였다. 아이나가 이곳에 머문다면 자신도, 라는 것은 당연한 일일지도 몰랐다.

그렇다는 것은, 그런 건가요. 세 여성과 한 지붕 아래에서 지낸다는 것인가요.

"가슴이 두근거린다."

"진지한 얼굴로 무슨 소리를 하는 거야?"

토토와 아이나는 그 날 밤 영업부터 바로 도와주게 되었다.

우리는 넷이서 간단히 점심식사 — 점심때의 직원식사는 어제 남은 소로모스와 버섯을 넣은 파스타로, 이것이 또 대단히 호평을 받았다. 소로모스가 완전 만능이었다 — 를 마치고, 저녁영업을 위한 사전협의를 시작했다.

"……저기, 왜 나도 메이드복을 입고 있는 걸까."

"아가씨. 점원에게 메이드복은 정장이랍니다."

"그, 그런 거야?"

그런 이유로, 아이나는 강제적으로 메이드복을 입고 있었다. 치맛자락을 손가락으로 집어 올리거나 머리에 쓴 하얀 카추샤를 만지작거리는 등, 익숙지 않은 옷에 마음이 영 불편한 것 같았다.

토토가 대체 어디에서 꺼냈는지 알 수 없는 메이드복이었는데, 그것이 꽤 잘 어울렸다. 평소에는 귀족다운 면모가 넘치는 아이나였지만, 복장이 바뀌면 사람도 바뀌는 것일까. 평소보다 정숙해 보이기까지 했다.

검은 원피스에 프릴이 달린 앞치마. 그저 그것뿐인 간결한 복장이었는데도, 메이드복이란 왜 이렇게 사람의 마음을 잡아끄는 것일까. 메이드복을 입는 것만으로 사람은 메이드가 된다. 남자는 메이드란 존재를 동경하며 사는 것이다. 그런 것이 분명했다.

"있지, 리나리아도 저거."

"안 입을 거야."

"죄송합니다."

농담 삼아 말해본 것뿐이건만, 리나리아는 진심이 담긴 시선으로 대꾸했다. 나는 식은땀을 훔쳤다.

"좋아해? 메이드복."

리나리아가 놀리듯이 물었다.

"메이드복을 싫어하는 남자는 이 세상에 존재하지 않아."

나는 힘을 주어 말했다. 그러자 리나리아는 어처구니가 없다는 시선을 보내왔다.

자기가 물었으면서 그런 얼굴을 하다니, 섭섭했다.

하지만 어처구니없어하든, 낙담하든, 질겁하든 내 마음에 거짓말은 할 수 없었다. 나는 가슴을 폈다.

아이나가 메이드복의 치마를 펄럭이며 이쪽으로 걸어왔다. 그리고 어린아이처럼 반짝거리는 눈으로 리나리아를 쳐다보았다.

"저, 리나리아 씨. 부디 같이 메이드복을."

"그러니까 왜 나를 꼬시는 거야. 안 입는다니까."

"그럴슈가."

"……한심한 목소리 내지 말아 줄래?"

"그게, 리나리아 씨의 메이드복 차림을 보고 싶은 걸요! 이 기회를 놓치면 평생 볼 수 없을 것 같은 느낌이 들어요! 자, 저도 같이 입을 테니까요!"

아이나가 힘차게 두 사람 사이의 거리를 좁혀왔다. 그것에 리나리아가 보기 드물게 쩔쩔맸다.

"자, 잠깐."

리나리아가 도움을 구하듯이 나를 쳐다보았다.

나는 아이나의 말에 깊이 고개를 끄덕였다.

리나리아의 메이드복 차림…… 분명히 이 기회를 놓치면, 리나리아가 그것을 입는 일은 두 번 다시 없을지도 몰랐다. 아무쪼록 입어줬으면 했다.

나는 웃는 얼굴로 엄지를 척 세워보였다. 그러자 리나리아의 얼굴이 실룩거렸다.

주위에 아군이 없다는 것을 알아차린 리나리아는 자력으로 아이나와 싸우기로 한 것 같았다.

"저기, 있지. 아이나. 진정하자."

"자, 리나리아 씨. 포기하죠."

"이 애, 눈이 무서운데!"

힘차게 리나리아를 밀어붙이던 아이나는 그녀에게 거의 달라붙다시피 해서 벽쪽으로 향했다.

예쁘게 생긴 여자아이 둘이 밀착하고 있다는 것은 꽤나 요염한 광경이었다. 그리고 그 중 한 사람은 메이드복 차림이었다.

"이건…… 흠…… 과연."

"과연이 아니야. 좀 도와달라고!"

"메이드복, 아직 남았어?"

리나리아의 도움을 요청하는 목소리는 일단 제쳐두고, 나는 토토에게 물었다. 그러자 그녀는 허리 뒤쪽에서 깔끔하게 접힌 메이드복을 꺼냈다.

"여기 있습니다. 크기도 딱 맞으실 겁니다."

"역시 대단해……."

"황송합니다."

이 메이드, 정말 유능하다. 그 유능함에 전율조차 느껴졌다.

리나리아는 벽에 밀어붙여져 마침내 도망갈 길을 완전히 잃어버렸다.

평소라면 그런 일은 있을 수 없었다.

하지만 메이드복을 걸친 아이나는 리나리아조차 저항할 수 없을 정도의 힘을 발휘하고 있었다. 그야말로 메이드파워였다.

리나리아의 두 손을 벽에 대고 억누른 아이나가 충혈된 눈으로 거칠게 콧김을 내뿜으며 점점 얼굴을 가까이 갖다 댔다.

옆에서 보기에도 그것은 위험한 모습이었다. 이건 진지하게 아이나를 제압하는 편이 좋은 것이 아닐까 하는 생각마저 들었다.

아이나가 한창 때의 소녀이고 외모가 뛰어나서 용인되고 있긴 했지만, 이것이 만약 중년 아저씨였다면 그날로 바로 체포될 상황이었다.

"잠, 저기……."

"하아하아."

저항은 무의미했다. 리나리아는 그곳에서 탈출할 수 없었다.

아이나는 이제는 아무 말도 하지 않고, 그저 공기를 지나치게 들이쉬면서 얼굴을 가까이 갖다 댔다.

그 모습을 지근거리에서 보는 형세가 된 리나리아는 분명히 알아차린 것이리라.

아. 이 녀석, 정말로 위험하다, 라고.

그리고 신변의 위험이라는 것도 느낀 것이 분명했다.

리나리아는 힉 하고 경련하듯이 숨을 삼키고는, 나와 토토에게 얼굴을 향하고 외쳤다.

"입을게! 메이드복이든 뭐든 다 입을 테니까아—!"

그 눈꼬리에는 눈물이 그렁그렁 매달려 있어서, 금방이라도 울음을 터뜨릴 것 같았다.

일이 여기까지 이르자, 상황은 이제 소녀의 순정이 걸린 구출작전으로 변경되었다. 나와 토토는 곧바로 앞으로 달려나가서 아이나를 움쭉 못하게 붙잡았다.

"자, 잠깐, 뭔가요! 전 아무것도 하지 않았어요!"

"범죄자는 다들 그렇게 말하지!"

토토가 뒤에서 아이나의 겨드랑이 밑으로 손을 넣어 그녀를 리나리아에게서 떼어내고, 나는 리나리아와 아이나 사이에 몸을 끼워 넣었다.

"누가 범죄자라는 건가요?! 저는 그저 리나리아 씨에게 말이죠. 이 가슴에 간직한 정열을 전하려고 한 것뿐이에요!"

"일방적이고 강제적인 정열적 행동은 그것만으로도 범죄라고!"

정면에서 내가 그렇게 말했다.

"뭐라고요! 토토. 당신도 그렇게 생각한다는 건가요?!"

"죄송합니다. 이것도 모두 아가씨의 사회적 입장을 지키기 위해서입니다."

토토가 여전히 뒤에서 아이나의 겨드랑이 밑으로 손을 넣어 붙잡은 채로 말했다.

토토의 힘은 굉장했다. 버둥거리며 날뛰는 아이나를 아무렇지도 않은 얼굴을 하고 억누르고 있었다.

"불합리해요. 저는 리나리아 씨의 메이드복 차림을 보고 싶었던 것뿐이었는데에에에에."

메이드복…… 정말로 무시무시한 존재였다.

그 매력은 때로 이를 드러내어 사람을 이상하게 만드는 것인지도 몰랐다. 나도 역시 아이나의 마음을 잘 이해할 수 있었기에 한층 더 두려웠다.

나 역시 언제 아이나 같은 모습이 될지 몰랐다.

"사, 살았다…… 고마워."

리나리아가 가슴에 손을 대고 호흡을 가다듬으며 말했다. 나는 뒤를 돌아보았다.

"리나리아."

"뭐, 뭐야. 진지한 얼굴을 하고."

"입는다고 했지?"

"……응?"

리나리아의 얼굴이 실룩거렸다.

"메이드복이든 뭐든 입는다고, 했지?"

"……글쎄. 아까는 정신이 없어서 말이지. 기억이 안 나네."

노골적으로 시선을 돌리며 리나리아는 소곤소곤 말했다.

나는 히죽 웃었다.

"이런이런. 이상하군요. 그 이름 높은 에이리얼 마술학원의 수석이신 그 리나리아 씨가? 자기 자신이 한 말을 기억하지 못하신다는 말씀?"

"윽…… 크……."

나는 지그시 그녀를 쳐다보았다.

"아니, 뭐. 어쩌면 그런 일도 있을지 모르지. 그럼, 자, 리나리아. 내 눈을 봐봐. 그리고 다시 한 번 기억이 안 난다고 말해 주겠어? 그럼 나도 믿을 수 있을 테니까. 응?"

나는 리나리아에게 슥슥 얼굴을 가까이 갖다 댔다. 그러나 리나리아는 이쪽으로 시선을 주는 일 없이 입술을 꾹 깨문 채 어깨를 떨었다. 그러다가, 결국 온몸에서 힘을 뺐다.

"알았어. 입을게. 입으면 되잖아, 진짜."

리나리아는 될 대로 되라는 기미로 외치고는, 카운터에 놓여있던 메이드복을 들고 가게 안으로 들어갔다.

나는 그 뒷모습을 지켜본 뒤, 눈을 꾹 감고 허공을 올려다보았다.

—이겼다.

일찍이 이 정도로 기분이 좋은 순간이 있었던가. 감동적인 흥분이 전신을 감싸 안았다.

"목적을 위해 모든 상황을 이용해 상대를 몰아넣는 그 수법. 그 솜씨를 미처 알아보지 못해 송구합니다."

토토가 말했다.

“거의 협박이네요. 정말 질색이에요.”

“너한텐 그런 말 듣고 싶지 않아!”

아이나의 말에 나는 저도 모르게 그렇게 외쳤다. 오히려, 아이나의 도가 지나친 장난에 편승한 형태였으므로, 거기서 갑자기 냉정해져도 곤란할 뿐이었다.

아이나는 자신의 옷을 내려다보며 입술에 집게손가락 끝을 갖다 댔다.

“저 자신도 잘 알 수 없는 감정에 지배되었어요…… 이 옷 때문인지도 모르겠어요.”

“진지한 얼굴로 메이드복 탓으로 돌리지 마.”

“어쩔 수 없는 일이겠지요. 메이드복에는 마력이 깃들어 있다는 말은 자주 있어왔으니까요.”

나는 토토를 물끄러미 바라보았다.

그녀는 진지한 얼굴을 하고 있었다. 나는 아이나와 얼굴을 마주보았다.

토토가 너무나도 정색을 하고 말했기 때문에, 그 말이 단순한 농담인지 혹은 진짜 그런 일화가 있는 것인지 판단이 되지 않았던 것이다.

그것은 아이나도 마찬가지였던 듯, 그녀는 포기한 것처럼 고개를 흔들었다.

그런가……. 여기서는 너무 파고들지 않는 편이 좋으려나…….

나는 어떻게 하는 것이 옳은 반응인지 잠시 망설였다. 그러고 있으려니, 갑자기 아이나가 두 손을 맞잡으면서 환성을 질렀다. 그 기뻐하는 모습은 마치 특대 홀케이크를 눈앞에 둔 어린아이와도 같았다.

그에 이끌려 나도 아이나의 시선 끝을 보았다. 그리고 눈을 크게 떴다.

"……왠지 착용감이 좀 안 좋은데. 이 옷."

흑백의 간결한 색조의 메이드복으로 갈아입은 리나리아가 마음이 영 불편하다는 듯한 얼굴로 돌아왔다. 얼굴은 빨갛게 물들어 있었고, 입가는 불만스러운 듯이 일그러져 있었다. 명백히 「제 본심이 아닙니다」라고 말하는 듯한 그 표정이 거꾸로 내 마음을 들썩이게 했다.

"……좋다."

"좋지 않아, 이 바보! 창피하다고, 이거."

화를 내는 그 목소리도 평소와 다르게 들렸다.

나는 토토의 말을 단숨에 믿게 되었다. 메이드복에는 틀림없이 마력이 깃들어 있었다. 그 마력은 사람의 마음을 매료시켜, 세계 평화로 이어지는 것이 분명했다. 나는 깊이 고개를 끄덕였다.

"근사해요, 리나리아 씨! 역시 제가 생각했던 대로 무척 잘 어울려요!"

아이나가 리나리아에게로 달려가 그 두 손을 붙잡았다.

"꼭 저희 저택에 데리고 가고 싶어요. 납치해서 방에 장식해두고 싶어요."

"저기, 잠깐, 이 아이. 진심이 다 새어나오고 있는데. 저기."

"그 마음은 나도 충분히 이해해."

나는 크게 고개를 주억거렸다.

"이해해가 아니야. 뭘 같이 이해하는 거야. 말려."

"역시 아가씨이시군요."

토토가 진지한 얼굴로 말했다.

"당신도 좀 이상하잖아?!"

그런 농담을 주고받으며 우리는 리나리아의 메이드복 차림을 시간을 들여 눈에 새겨넣었다.

어쩌면 리나리아의 메이드복 차림 같은 것은 두 번 다시 볼 수 없을지도 몰랐다. 그만큼 귀중한 풍경이었다.

다만 나와 토토는 농담 삼아 한 말이었겠지만, 아이나만큼은 아마도 진심이었으리라. 만면의 미소를 띤 가운데, 눈만이 웃고 있지 않았다.

"모처럼 옷도 갈아입었겠다, 오늘은 그 차림으로 영업도—."

나는 그렇게 제안을 해 보았다. 그러자 리나리아는 아름답게 웃는 얼굴을 내게 향했다.

"무슨 말씀 하셨나요?"

"아뇨, 아무것도 아닙니다. 네."

정중한 말씨 속에서 나는 살기라는 것을 읽어낼 수 있었다. 겉보기에는 메이드가 되었어도, 알맹이는 틀림없이 리나리아였다. 너무 우쭐해서 기어오르면 목숨이 위험했다.

후우. 나는 이마에 밴 진땀을 닦았다. 그러고 있으려니, 옆에 있던 토토가 허리 뒤로 손을 돌려 메이드복을 또 한 벌 꺼냈다.

"참고로 말씀드립니다만, 유우 님의 메이드복도 있습니다."

"……?"

"크기도 딱 맞으실 겁니다."

…….

……응?

그 직후, 성미가 급한 손님이 가게에 와서 리나리아는 곧바로 옷을 갈아입으러 돌아갔다.

리나리아의 메이드복 차림을 볼 수 없게 되는 일이 한없이 유감스러웠지만, 어쩌면 진짜로 목숨을 건진 것은 나였는지도 몰랐다.

토토의 눈은 언제나 진지했기 때문에, 그녀의 말이 농담인지 어떤지 알 수 없다는 것이 무서운 점이었다. 왜 나한테 맞는 크기의 메이드복이 있는지에 대해서는 앞으로 묻는 일은 없을 것이다. 이 세계에는 모르는 것이 약이라는 것도 있는 것이 틀림없었다.

날이 저물어감에 따라, 조금씩 손님이 늘어났다. 가장 바쁜 시간대의 혼잡함을 앞에 두고 느슨한 영업이 시작되었다.

처음에는 본보기라는 형태로 이미 일에 익숙한 리나리아와 이 일이 본업인 토토가 접객을 맡았다.

손님의 내점을 알리는 도어벨이 울리고, 드디어 아이나도 손님을 맡기 위해 움직였다. 긴장한 기색은 보이지 않았다. 메이드복의 긴 치맛자락을 팔락거리며 다가가, 지금 막 들어와서 가게를 둘러보고 있는 손님에게 고상하게 머리를 숙였다.

"어서오세요, 오신 것을 환영합니다."

"흐엑?!"

모험가인 듯 가벼운 장갑 차림을 한 남성이 짐승 귀를 똑바로 세우며 아이나를 재차 쳐다보았다.

"어라? 메이, 메이드 씨? 여기 평범한 음식점이 아닌, 가요?"

남성은 상당히 당황하고 있었다. 메이드에게 씨를 붙이고, 어조도 존댓말이었으니까. 나는 고개를 크게 주억거렸다. 그 마음은 백배 이해할 수 있었다.

"식사도 취급하고 있습니다만, 본점은 카페입니다."

"카, 카페?"

"예. 카페입니다."

"그, 그런가요. 카페인가요."

남성은 고개를 끄덕였다. 분명히 카페가 무엇인지를 되묻지 못한 것이리라. 어쨌든 상대는 메이드 씨인 것이다.

……응?

"어라?"

"왜 그래?"

리나리아가 물었지만, 나는 갑자기 번뜩인 나 자신의 생각에 머리를 지배당해 대답도 할 수 없었다.

나는 대체 이 무슨 사실을 알아차린 것인가.

이곳은 카페였다.

그리고 아이나는 지금, 메이드였다.

게다가 토토도 메이드였다.

즉, 지금 이곳은—— 메이드 카페였다.

일본에서는 도시에서 몇 군데나 영업하고 있다고 들은 적이 있었다.

카페로서 음료를 제공하면서도, 종업원은 모두 메이드복을 입은 귀여운 여자아이라고 했다. 그것은, 그야말로, 지금 이 상황임이 틀림없었다.

"그런가…… 그런 방법이 있었나…… 맹점이었다."

"뭘 중얼거리고 있는 거야."

"아니…… 나는 지금 이 세계에 혁명을 일으키려고 하고 있어. 시대의 선구자가 될 수 있을지도 몰라."

"어디 머리라도 부딪친 거야? 치료해줄까?"

비교적 진지하게 걱정해왔기 때문에, 나도 장난은 그만치기로 했다. 아니, 하지만 메이드 카페…… 버리기 어려운 카드였다.

내가 신음하는 사이, 손님에게서 주문을 다 받은 아이나가 돌아왔다.

"일단 토토를 참고로 해 봤는데요…… 그걸로 괜찮았던 걸까요."

"괜찮지 않아? 조금 딱딱하긴 하지만."

리나리아가 말했다.

"매우 훌륭하셨습니다."

토토가 말했다.

"내게도 그런 태도로 말을 걸어줬으면 기쁘겠어."

내가 말했다. 그러나 아이나는 흥 하고 고개를 돌려버렸다.

"싫습니다."

실패였다. 일단, 지금의 나는 고용주일 텐데 말이지…….

아이나의 인색한 태도에 눈물을 흘리며, 나는 아이나가 적어온 주문지를 받아들었다.

어, 음. 푹 찐 햄버거에 아이스커피인가. 계절이 여름이라는 점도 있어서, 아이스커피는 인기가 좋았다. 메뉴에는 「차가운 커피」라고 써 놓았기 때문에, 아마도 차가운 것이라면 뭐든 좋다는 정도의 감각으로 주문하고 있다는 느낌이 들었다. 커피라는 것이 뭔지 모르겠지만, 차가운 거라면 좋아, 라는 느낌으로 주방 안에 있던 토토가 내 옆에 와서 나란히 섰다. 그녀는 힐끗 메모지를 보았다.

"푹 찐 햄버거는 제가 담당하도록 하지요."

"……만들 수 있어?"

아직 만드는 법을 가르쳐주지 않았는데.

"예. 메이드이니까요."

"그 말 하나면 다 돼서 이젠 놀랍지도 않아."

접객은 리나리아와 아이나가 담당하고, 주방은 나와 토토가 맡는다는 형태가 되었다. 요리를 만드는 법은 주문이 들어올 때마다 가르쳐주기로 했었지만.

아이스커피를 준비하면서 보니, 토토의 솜씨는 실로 매끄러웠다. 재료를 써는 손놀림 자체도 능숙했고, 만드는 순서도 정확했다. 몇 번인가 아이나와 함께 와본 적이 있었으니까, 그때에라도 내가 만드는 것을 본 것일까. 그렇다고 해도, 기억력이 엄청나게 좋다는 것이 되지만.

토토는 눈 깜짝할 사이에 푹 찐 햄버거를 완성했다. 사전에 조리준비를 해두긴 했지만, 그렇다고 해도 만드는 속도가 너무 빨랐다.

"맛을 봐주시길 바랍니다."

토토가 졸인 소스를 숟가락으로 떠서 내게 내밀었다. 나는 살짝 당황했지만 입을 벌렸다. 입안으로 숟가락이 들어오고, 뜨거운 소스가 혀로 흘러내렸다.

"어떠신가요."

토토가 그렇게 물으며 지근거리에서 나를 쳐다보았다. 이 아이는 이 아이대로 이목구비가 단정했기 때문에 , 나로서는 마음이 불편했다.

"맛있어."

나는 솔직하게 대답했다. 그렇다고 할까, 내가 만드는 요리보다 더 고상한 맛이 되어 있었다. 잡스러운 맛이 없다고 해야 할까, 재료의 맛이 제대로 전해진다고 해야 할까. 간에 과부족이 없는 느낌이었다. 요리도 이 정도로 잘 하다니, 놀랄 수밖에 없었다.

거기서 나는 한 가지 사실을 알아차렸다.

접객은 메이드(코스튬플레이) ……요리도 메이드(본업) ……즉, 이것은 메이드 카페(여러 가지 의미에서)라는 것이 아닐까.

그때, 때마침 리나리아가 카운터로 다가왔기 때문에 나는 리나리아에게 얼굴을 향했다.

"리나리아도 다시 한 번 메이드복을 입는다든가 하면."

"죽고 싶어?"

"죄송합니다."

칫, 글렀나.

## 6

농담이란, 말로 장난을 치거나 놀거나 하는 일을 말했다. 즉, 진심이 아니라는 것이었다. 나는 농담으로 메이드 카페라는 아이디어를 다듬고 있었지만, 단순한 농담으로 끝나지 않을 가능성이 눈앞에 펼쳐지고 있었다.

"우왓. 진짜다. 메이드다."

"그치? 그치? 있다고 했잖아? 거짓말이 아니었지?"

"메이드 씨. 미안하지만, 추천메뉴는 뭔가요?"

"메이드 씨는 어디의 메이드 씨인가요?"

놀랍게도 메이드는 대인기였던 것이다. 나의 작고 보잘 것 없는 상상 이상으로.

아무래도 부잣집이나 귀족의 저택에나 있는 메이드가 이렇게 음식점에서 일한다는 광경은 꽤나 진귀한 것인 모양이었다.

저녁때라는 바쁜 시간도 겹쳐, 메이드를 보고 싶다는 이유만으로 찾아온 구경꾼들이 가게 밖에 늘어서 있었다.

리나리아는 여느 때처럼 앞치마 차림으로 표표하게 음식을 날랐지만, 메이드복 차림의 아이나는 늘 손님이 말을 걸거나 의미도 없이 불러대거나 해서 쉴 틈도 없었다.

놀라운 것은, 그런 구경꾼 기질의 손님에게까지 아이나는 미소를 지은 채 훌륭하게 대응한다는 점이었다. 남성 손님들의 놀리는 목소리에도 동요하는 기색이 전혀 없었다.

"으응, 굉장하다."

나는 진심으로 감탄했다. 너무 소란스러울 것 같으면 아이나와 토토는 쉬게 하자고 생각하고 있었는데, 걱정할 필요가 없을 정도로 당당하게 행동하고 있었다.

"아가씨는 사교의 장에 익숙하시니까요. 저러한 응대방법은 몸에 확실하게 익히고 계시답니다."

토토가 설명해주었다.

"사교의 장이라면, 귀족들의 파티 같은 그런 거?"

"예. 어릴 때부터 부모님에게 이끌려 참가하셨답니다. 작위를 가진 귀족이라면, 그러한 자리에서 어떻게 행동하는지 그것으로 품위나 품격이 결정됩니다. 때문에 어릴 때부터 가정교사에게 엄격하게 훈련을 받습니다. 아가씨의 저것은 그렇게 쌓아올린 것에 더해 실전에서 체득하신 기술인 것입니다."

그런 굉장한 기술을 이런 장소에서 발휘해주어도 괜찮은 것일까. 이곳은 변두리의 카페인데. 그것도 메이드복을 입고 있고.

그리고, 내 옆에 있는 메이드 씨도 너무 유능했다.

요리 솜씨가 너무나도 좋아서, 내가 정말 편했다. 리나리아와 낑낑거리면서 바삐 돌아다녔던 것이 거짓말 같았다. 손님이 이렇게 많은데, 지금까지처럼 초조해지는 일이 없었다.

나는 여유를 갖고 요리와 음료, 커피를 준비했다. 리나리아와 아이나가 그것을 나르고, 또다시 새로운 주문지를 갖고 왔다.

이 도시가 아닌 곳에서 온 사람들이 시끌벅적하게 식사를 하고 있었다. 커피를 마시고 얼굴을 찌푸리거나, 의외로 마실 만 해, 라며 서로 웃고 떠들고 있었다.

가게 안은 휘황찬란하게 밝았고, 창으로 새어나간 빛이 거리를 밝혔다. 거리를 걷던 사람들이 웃음소리에 이끌려 창으로 안을 들여다봤다가 메이드를 보고 눈을 동그랗게 뜨고, 그렇게 또 한 사람, 가게 앞에 길게 뻗은 줄에 늘어섰다.

그런 여름날 밤이었다.

이 가게가 이렇게나 밝고, 이렇게나 손님들이 많은 것은 리나리아의 생일파티 이후로 처음일까.

매일매일 이런 식이라면 얼마나 즐거울까?

나는 그런 생각을 했다.

……메이드도 있고 말이지.

관광객들은 밤에까지 느긋하게 있는다는 그런 일은 하지는 모양이었다. 이 도시는 다양한 것들로 가득 차 있었기 때문에, 밤에는 밤대로 즐길 수 있는 장소가 따로 있는 것이리라.

오늘도 도중부터 팻말을 「준비 중」으로 바꾸어 입점을 제한, 완만하게 폐점을 했다.

마지막 손님을 배웅하자, 이제 뒷정리에 착수했다. 네 명이나 있었기 때문에 정리도 순식간이었다. 평소 내가 평소 일을 마치던 시간보다 훨씬 일찍 끝이 났다.

사람을 고용한다는 것은 이런 것인가, 라고 깨달음을 얻은 것 같은 기분이었다.

많은 손님들에게 식사와 공간을 제공할 수 있고, 청소 같은 것도 금방 끝났다. 나는 평소보다 편했는데도 매상은 평소 이상이었다. 꽤 괜찮은 연금술이라도 보는 것 같은 기분이었다.

창문의 커튼을 닫고 가게 안의 청소를 마치자, 이것으로 오늘 영업은 완전히 끝이었다.

주방 쪽에서 맡아본 적이 없는, 하지만 식욕을 자극하는 냄새가 풍겨왔다. 토토가 뭔가를 끓이고 있는 것이었다.

영업 중에는 아무도 식사를 하지 않았다. 때문에, 지금부터가 우리의 식사시간인 셈이었다. 토토가 직원식사를 만들어준다고 하기에, 나는 그 호의를 받아들였다.

나는 아이나와 4인용 테이블에 식기를 늘어놓고 과일주스를 듬뿍 담은 음료수병을 준비해놓은 뒤 자리에 앉았다. 마침 딱 좋은 타이밍에 토토와 리나리아가 접시를 날라 왔다.

"어머, 피에타로군요. 오랜만이네요."

눈앞에 놓인 요리를 보고 아이나가 들뜬 목소리를 냈다.

나는 피에타라 불린 요리를 확인해 보았다. 하얀 소스 속에 생 파스타면이 묻혀 있었다. 시금치와 비슷한 채소와 작은 새우도 듬뿍 들어 있었다. 보기에는 크림스튜와 비슷해 보였다. 크림 파스타 같은 것일까.

거기에 갈색으로 잘 구워진 바타르[#2]로 만든 갈릭토스트가 가득 든 바구니와 황금색의 아주 맑은 고기야채스프가 갖춰졌다. 단시간에 만들었다고는 도저히 생각되지 않았다. 직원식사는커녕, 가게메뉴로 내놓아 주었으면 좋겠을 정도였다.

"토토는 요리를 잘하는구나."

나는 거듭 감탄하며 그렇게 말했다. 그러자 토토는 선 채로 고개를 살짝 숙였다.

"메이드로서 당연한 일입니다."

"토토는 남들보다 두 배는 노력하는 노력가에요."

겸손해하는 토토의 말에 포개듯이 아이나가 가슴을 펴며 말했다. 토토는 부정도 긍정도 하지 않고, 아이나의 대각선 뒤쪽에 서 있었다.

"……안 앉아?"

내가 그렇게 묻자, 토토는 언제나처럼 배 앞에서 손을 포개고 등을 똑바로 편 자세로 「메이드이니까요」라고 대답했다.

---

**#2 바타르** '중간의'라는 의미를 가진 프랑스빵. 바게뜨와 비슷하게 생겼지만 좀 더 두껍고 통통하며 길이는 더 짧다.

메이드이니까 우리의 식사 시중까지 들어주겠다는 것일까.

"괜찮으니까 앉아. 혼자 서 있으면 신경 쓰이는걸."

리나리아가 밝게 말했다. 그것에 나도 찬성했다.

"그래. 오늘 같이 고생했고."

토토는 적이 당황한 것 같은 기색으로 아이나에게 시선을 주었다.

"호의를 받아들여요. 게다가 자, 봐요. 난 지금은 메이드인걸요. 같이 식탁을 둘러싸고 앉는다고 해도 아무 문제없잖아요?"

어린아이에게 말하는 것 같은, 부드럽고 따뜻한 음색이었다. 토토는 살짝 부끄러워하면서 작게 고개를 끄덕였다.

"……그럼, 실례하겠습니다."

"실례가 아니야."

리나리아가 아무렇지도 않게 그렇게 말하고는 자리에서 일어났다. 그리고 토토와 함께 토토 몫의 식사를 테이블로 날라와, 다시금 넷이서 자리에 앉았다.

토토가 만든 피에타라는 요리는 맛이 정말 근사했다.

하얀 소스에는 아무래도 감자를 갈아서 넣은 듯, 깊은 단맛과 감칠맛이 느껴졌다. 하지만 분명히, 요리의 맛이 좋은 것만이 그 이유는 아닐 것 같았다.

저녁 식사 테이블은 활기찼다. 아이나가 이것저것 화제를 꺼냈고, 나와 리나리아가 그에 대답했다. 토토는 등을 곧게 펴고 빈틈없는 자세로 앉아 있었지만, 때때로 아이나의 비밀을 폭로해 아이나를 놀렸다.

그런 대화를 하며 다 같이 밥을 먹으면, 어떤 식사라도 맛있게 느끼는 법이었다. 거기에 애초에 요리도 맛있었으니까, 즉 몇 곱절로 더 맛있는 셈이었다.

이 즐거운 식사시간이 좀 더 계속되면 좋을 텐데. 나는 그런 생각을 했다. 이렇게나 요리를 다 먹는 일이 아깝게 느껴진 적은 이번이 처음이었다.

식사를 마치자, 슬슬 잘 준비를 할 시간이 되어 있었다.

리나리아가 목욕을 하는 사이, 나는 아이나와 토토에게 방을 안내하기로 했다. 내가 한 방, 그리고 다른 세 사람도 한 방씩, 도합 네 방으로 2층은 만실이 되었다.

본격적인 여관이 아니었기 때문에 방은 빈말로도 넓다고 할 수 없었고, 가구도 최소한으로밖에 놓여있지 않았다. 부자의 대명사인 귀족이 묵기에는 너무나도 소박한 방이리라.

불평을 한 것이라고 생각했는데, 아이나는 예상외로 눈을 반짝였다.

"어머…… 이것이 모험가들이 묵는 그런 방이로군요."

"틀리지는 않다고 생각하는데."

원래는 주점이기도 했으므로, 술에 떡이 된 모험가들이 머문 적이 있을지도 몰랐다.

"그런데, 왜 이방을 보고 그렇게 즐거워하는 것 같은 거야?"

"앗. 아뇨, 아무것도 아니에요. 후우, 기대하지 않았다고는 해도 정말로 좁네요."

아이나가 새삼 겉꾸리듯이 어깨 위의 머리카락을 손으로 쓸어 넘겼다.

"지금 와서 귀족 아가씨 행세를 해도 소용없어."

그러고 보니까, 언젠가 토토가 말을 한 적이 있는 것 같기도 하고…….

"모험가를 동경했었다고?"

"호앗"

호앗?

"그, 그런, 설마. 이 제가 모험 이야기를 동경할 리가 없잖아요. 오호호."

아이나는 입에 손을 갖다 대고 꾸며낸 것처럼 웃었다. 하지만, 그 뺨은 빨갛게 물들어 있었다. 아무래도 아이나로서는 감춰두고 싶은 사실인 모양이었다. 딱히 부끄러운 일도 아니라고 생각하지만.

"그, 그런데."

화제를 바꾸기 위해서일까. 너무나도 억지로 꾸민 것처럼 아이나가 말을 말했다. 아이나의 시선이 뭔가 다른 화제를 찾아 여기저기를 헤맸다.

"그래요! 여기, 목욕탕이 있네요."

대화의 시작이 명백히도 너무 부자연스러웠지만, 그 점은 언급하지 않기로 하자.

“처음에는 여관도 하려고 했던 것 같았으니까, 그래서 목욕탕도 만든 것 같아.”

“그렇군요…….”

“왜 약간 유감스러워 하는 것 같은 거야? 모험가들처럼 공중목욕탕에 가고 싶었던 거야?”

“무무무슨 말인지 모르겠네요, 호호호.”

이 아가씨가 생각하는 일은 정말로 알기 쉬웠다.

어느 집에나 목욕탕이 딸려있는 일본과 달리, 이 세계에서는 대중탕 같은 공중목욕탕에 가는 것이 일반적이었다. 아무튼 여기저기 많이 있었고, 입욕료도 쌌으며, 뭣보다 넓었다. 나도 가끔 갈 때가 있었다. 집의 목욕탕은 청소하는 것이 귀찮은 것이다.

“공중목욕탕은 일단 제쳐놓고, 리나리아 씨가 목욕을 한 뒤의 물에 들어간다고 생각하니…….”

입을 반쯤 벌린 채 뺨을 붉히며 허공을 올려다보는 그 얼굴은 과연 소녀로서 어떨까. 발언에서마저 위험한 분위기가 풍겼다. 조금 거리를 두자.

그때, 아이나가 갑자기 진지한 얼굴을 했다. 가슴 앞에서 꼭 쥔 두 손이 떨리고 있었다. 마치 뭔가 무시무시한 사실을 알아차리기라도 한 것 같았다.

"왜 그래?"

나는 걱정이 되어 그녀에게 말을 걸었다. 그러자 아이나는 신기할 정도로 표정이 없는 얼굴로 나를 바라보았다.

"……저, 잠깐 볼일이 생각나서, 실례하겠어요."

그러더니, 계단을 내려가 버렸다.

무슨 일일까. 아이나가 그렇게 진지한 얼굴을 하다니, 좀처럼 없는 일이었다.

나는 불길한 예감에 가슴이 두근거려서 아이나의 뒤를 쫓았다.

일층을 뒤져보았지만, 아이나의 모습은 보이지 않았다. 창고와 계단 아래의 작은 방도 찾아봤지만 없었기 때문에, 슬슬 밖으로 나간 것일까 하는 의심이 들기 시작했다. 그 순간, 나는 퍼뜩 한 가지 사실에 생각이 미쳤다.

"아니…… 설마……."

그것은 스스로 생각해도 무시무시한 발상이었다.

역시나 그렇게까지는 하지 않겠지. 그렇게 생각하면서 나는 탈의실로 향했다. 그랬다, 목욕탕으로 이어지는 작은 방이었다.

탈의실 문 앞에서 쪼그려 앉은 아이나의 등을 발견할 수 있었다.

"그거, 범죄잖아……."

"꺅! 조, 조용히해 주세요! 리나리아 씨가 눈치 채잖아요!"

아이나는 나를 돌아보며 입술에 집게손가락을 세우고 말했다. 그러고는, 다시 문에 귀를 갖다 대더니 문손잡이에 슬슬 손을 뻗었다.

"그것보다 말이지. 기숙사에서는 다 같이 대욕장에서 목욕을 하지 않아?"

"예. 다 같이 목욕을 하죠. 하지만, 이것과 그건 별개예요."

왜 그렇게까지 해서 훔쳐보려는 것일까. 그렇게 생각하다가 나는 애초에 아이나가 스토커 기질이었다는 점을 기억해냈다. 훔쳐본다는 행위 자체에 가슴이 두근거리는 것일지도 몰랐다.

달각 하고 문이 열리고, 아이나가 살짝 열린 틈으로 안을 들여다보았다.

"크, 안쪽 문이 있다니……!"

"당연하잖아."

나는 머리를 싸쥐었다. 이거, 내가 말려야 하는 것일까.

"헛! 저건, 리나리아 씨가 벗어놓은 옷! 한 벌 정도 갖고 돌아가도."

"금방 들통날 테니까 관둬."

그러나 그런 보고를 받자, 나도 그만 자신도 모르게 가슴이 두근거렸다.

어떤 의미에서, 여성의 목욕탕을 훔쳐본다는 것은 남자가 꿈꾸는 로망 중 하나인 것이다. 결코 실행에 옮길 수 없는,

머나먼 꿈같은 존재였다. 그것을 동성이라는 이유에서 이토록 간단히 해치운 아이나가 실은 살짝 부럽기도 했다.

"아아, 뭔가 물소리가…… 이거, 꽤 재미있네요."

아이나가 고개를 돌려 나를 쳐다보면서 진지하게 말했다. 아이나의 뺨은 살짝 상기되어 있었다. 그러던 그녀는 문득 나를 향해 히죽 하고 악랄한 미소를 지어보였다.

"어떤가요. 부럽죠? 당신은 이런 일을 할 수 없으니까요."

"그 얼굴로 그런 말을 하니까 엄청 짜증나는데."

"자신이 남자로 태어난 것을 후회하세요!"

그러고는 소리 높여 웃어 보이기까지 했다.

왜 이렇게 약이 올라야 하는 것일까. 뒤통수를 한 대 정도 때려줘도 용서받지 않을까? 오히려 그것이 옳은 행동인 것은 아닐까.

그렇게 여러 모로 갈등하고 있으려니, 갑자기 탈의실 문이 열리면서 딱 하고 아이나의 옆머리와 부딪쳤다.

"아얏."

"잠깐, 아이나. 시끄러워."

리나리아가 얼굴을 내밀었다. 그녀는 문 저편에서 상반신만을 내밀고 있었다.

어이없어 하는 표정의 그 시선이 나를 인식했다.

붉은 머리카락이 목욕 후의 수분을 머금어 그 무게에 똑바로 뻗어 내리고 있었다. 뺨이나 이마에 몇 올인가가 머리카락이 달라붙은 것도 또렷이 보였다.

피부 밑에서 또렷하게 떠오른 목 근육이 쇄골로 흘러들듯이 해서 이어진 것이 보였다. 물방울이 된 물기가 쇄골의 융기를 넘어서 목욕수건에 감춰진 가슴골로 흘러 내려갔다.

새하얀 피부 중에서, 뺨이나 매끈한 어깨 등, 그렇게 피부가 얇은 부분이 선홍빛을 띠고 있었다.

나는 그 모습을 넋을 잃고 바라보느라 아무 말도 하지 못했다.

리나리아도 또 아무 말도 하지 않았다. 다만, 얼굴 전체가 뜨거운 물에 삶은 것처럼 빨갛게 물들어 있었다.

리나리아는 조용히 상체를 끌어당겨 다시 문 안으로 들어간 뒤 문을 닫았다.

다음 순간, 탈의실 안에서 뭔가가 뒤집히는 것 같은 소리가 울려 퍼지고, 벽에 뭔가가 부딪치는 소리가 멀어져 갔다.

"우우. 심한 꼴을 당했어요…… 머리가 깨질 것 같아요…… 어머. 무슨 일이죠? 얼굴이 빨개요, 당신."

"아니, 아무것도 아닙니다."

복도 구석에서 아이나가 몸을 일으켜 세웠다. 그리고 내 얼굴을 보고 고개를 갸우뚱하더니, 닫힌 탈의실의 문을 보고 뭔가를 깨달았다는 기세로 내게 따지고 덤볐다.

"그런, 거짓말이죠. 당신, 설마 리나리아 씨의."

"안 봤어, 안 봤어. 가리고 있었습니다. 그러니까 괜찮아!"

"그 말, 진짜겠죠?! 아뇨, 아주 조금이었다고 해도 용서할 수 없어요. 지금 당장 기억을 지우세요! 내가! 내가 보고 싶었는데!"

아이나가 내 멱살을 붙잡고 세게 흔들어댔다. 하지만, 내 기억은 당분간 지워질 것 같지 않았다. 머릿속에 살색의 영상이 빙글빙글 맴돌았다. 내게는 자극이 너무나도 강렬했다.

7

"저기."

"아무 말 하지 마."

"네."

나는 입을 다물고 메모장을 한 손에 든 채 잠자코 식재료의 재고를 확인하는 작업을 계속했다.

리나리아는 살짝 물기가 남은 긴 머리카락을 가슴 앞으로 늘어뜨린 채, 식기 선반을 정리하고 있었다.

목욕을 마친 리나리아는 늘 보던 교복이 아니라, 품이 낙낙한 잠옷차림을 하고 있었다. 원피스형 실내복 위에 길이가 무릎 아래로 내려오는 긴 얇은 가운을 걸치고 있었다.

리나리아와 교대하듯이 지금은 아이나가 목욕 중으로, 토토가 곁에서 수발을 들고 있는 것 같았다. 구체적으로 토토가 무엇을 하는지는 알지 못했는데, 역시 몸을 닦아준다든가 옷을 갈아입힌다든가 그런 일을 하는 것일까.

그건 그렇고, 참으로 거북한 상황이었다.

내일을 대비하기 위한 작업을 도와주는 것은 물론 도움이 됐다. 그리고 그것은 분명히 리나리아의 강한 책임감에서 비롯된 것이리라.

그러나 리나리아는 내게 시선조차 주지 않았고, 말도 걸지 않았다.

그랬건만, 빠른 목욕 뒤이기 때문이라고 하기에는 혈색이 너무 좋았고, 살짝 숙인 얼굴은 명백히 부끄러워하고 있었다. 그것을 알아차리자, 나 역시 거동이 수상해지지 않을 수 없었다.

"저기, 괜찮아. 어깨부터 아래쪽은 보이지 않았으니까. 응."

"아앗……! 그러니까, 그런 말은 하지 마! 잊으려는 중이니까!"

나는 어떻게든 상황을 수습해보려고 했지만, 리나리아는 눈썹을 치켜 올리고는 나를 노려보았다. 그러나 나와 시선이 마주치자 곧바로 눈을 돌리고 말았다.

"어쨌든, 잊어버려."

"아니, 그러니까 아무것도 안 보였—."

"잊어."

리나리아가 강하게 말했기 때문에 나는 몇 번이나 고개를 끄덕였다.

묘한 중압감이 느껴진다고 해야 할까, 등줄기가 들썽들썽

했다. 신기한 감각이었다. 이것은 어쩌면 리나리아에게서 마력이라는 신기한 힘이 흘러넘치고 있는 것일지도 몰랐다.

그러나 인간, 잊으려 한다고 잊을 수 있을 정도로 요령이 좋질 못했다.

나는 식기를 선반에 되돌려놓는 리나리아의 모습을 저도 모르게 눈으로 좇고 말았다.

잠옷은 조금 커서, 소매가 남아 손을 반쯤 가리고 있었다. 귀에 건 머리카락은 살짝 흐트러져 있었고, 목덜미는 옷깃 쪽으로 매끄럽게 뻗어 내려가 있었고, 그것이 다다른 끝은 옷에 가려져 있었다. 하지만 아까는 분명히 보이고 있었다.

"……왜."

"아, 아무것도 아니야."

내 시선을 알아차리고 있던 모양이었다. 리나리아가 옷의 목깃을 끌어 모으며 나를 원망스럽다는 듯이 노려보았다. 그 여성스러운 몸짓에 왠지 두근거림과 비슷한 감각이 느껴졌다.

갑자기 내게도 부끄럽다는 감각이 밀려와 나는 무의식중에 얼굴을 돌리고 말았다. 심장이 이상하리만큼 시끄럽게 고동쳤다.

"……이제 와서 그런 태도를 취하면, 내 쪽이 더 부끄러운데."

리나리아가 그렇게 핀잔을 주었다. 이상하네. 나는 생각했다. 왜 이렇게 부끄러워진 것일까.

그 정도의 노출이라면 수영복보다도 수위가 약했다. 편의점에서 파는 잡지의 표지 쪽이 훨씬 노출이 많을 것이고, TV의 심야방송 쪽이 훨씬 더 과격할 것이다. 하지만 그런 것들과는 비교할 수 없을 정도로, 왠지 묘하게 가슴이 진정이 되질 않았다.

얼굴이라기보다 귀가 뜨거웠다. 이상해. 지금까지 태연하게 있었는데, 왜 갑자기 이렇게 된 것일까?

"……."

"……."

결국 우리는 두 사람 모두 입을 다물고 말았다.

뭔가 농담이라도 해서 어색한 분위기를 얼버무리면 될까. 그러나 말은 목에 걸려 나오지 않았다. 또, 뭔가를 말해 이 분위기를 흔들어 움직일 그런 용기도 나지 않았다.

나는 리나리아를 힐끗 쳐다보았다. 그러자 리나리아는 옷의 목깃을 양손으로 누른 채 새빨간 얼굴을 하고 고개를 숙이고 있었다. 거기에, 내 뺨도 분명히 빨갛게 물들어 있을 터였으니, 이쯤 되면 뭐야, 이거, 순진남녀냐 라는 태클조차 천연덕스럽게 느껴질 정도였다.

때문에, 이런 깊은 밤에 도어벨이 울렸을 때에는 정말로 안도와 함께 감사함을 느꼈다.

이런 시간에 누구냐 고마워!

그렇게 생각하며 문 쪽을 보니, 들어온 사람은 원장 선생님이었다. 불과 며칠 전에 만났건만, 조금 여윈 것처럼도 보였다.

"이야, 안녕. 미안하구나. 이런 늦은 시간에."

"당치도 않아요. 선생님이라면 언제나 환영이에요."

원장 선생님이 겸손하게 그렇게 말하자, 리나리아는 당황한 것처럼 선생님을 맞이하러 카운터에서 나갔다. 마침 잘 됐다고 생각한 것은 리나리아도 마찬가지였던 모양이었다.

"정말로! 좋은 때 와 주셨어요."

"……응?"

"자, 선생님. 여기 앉으세요!"

의심스럽다는 얼굴을 한 원장 선생님을 리나리아는 힘으로 잡아당겨 의자에 앉혔다.

나는 식은땀이 뿜어져 나오는 것을 막을 수가 없었다. 그 일이— 불가항력이었지만, 리나리아가 목욕하던 모습을 훔쳐보는 것 같은, 그런 행동을 했다는 사실이 이 사람에게 알려지는, 나는 분명히 하늘의 부르심을 받게 될 것이다.

"어머, 원장 선생님. 다치셨네요."

문득 리나리아가 그런 말을 했다. 그 말에 원장 선생님은 왼손을 살래살래 흔들어보였다. 그 말을 듣고 나도 알아차렸지만, 손등에 긁힌 상처가 있어서 피가 배어나오고 있었다.

"아아. 방금 인파에 밀려 넘어져서 말이다. 이야, 정말로 사람이 많구나, 이 도시는."

"조심하세요. 소매치기도 많으니까요."

"왠지 네가 더 보호자 같구나."

원장 선생님이 환하게 웃었다. 그런 원장 선생님에게 미소로 응수하며 리나리아는 옆자리에 앉아 그의 왼손을 잡았다.

그러자, 언젠가 그랬듯이 그 손이 하얀 안개를 두르는 것처럼 빛을 냈다. 내가 식칼로 손가락을 베었을 때에도 리나리아는 똑같이 해 주었다. 그리고 신기하게도, 그녀의 힘으로 상처는 나은 것이다.

"……후우."

리나리아가 크게 한숨을 쉬었다. 그때에는 이미 원장 선생님의 긁힌 상처는 깔끔하게 사라져 있었다. 그리고 그 광경을 응시하며 원장 선생님은 움직임을 멈추고 있었다.

"놀라셨죠? 최근에 들어와서 겨우 할 수 있게 됐어요."

흐흥, 하고 부모에게 자랑하는 어린애처럼 리나리아가 말했다. 그러나 원장 선생님은 아무 대답도 하지 않고, 그저 상처가 있던 자리를 보고 있기만 했다.

"……선생님?"

"리나리아, 너는."

그렇게, 원장 선생님은 고개를 들지 않고 혼잣말처럼 말했다.

"아니, 당연한 일인, 가. 치유마술은 피로 이어진다고 그녀도 말했으니까."

"저기, 무슨 얘기를 하시는 건가요?"

리나리아가 어리둥절해했다. 그런 그녀의 태도에 원장 선생님이 얼굴을 들었다.

"사실, 이 도시에 온 것은 기부금 모금 때문만이 아니다. 네게 해 줄, 중요한 이야기가 있었기 때문이란다."

"왜 그러세요. 갑자기 정색을 하고."

리나리아는 웃으면서 얼렁뚱땅 넘어가려고 했다. 그러나 원장 선생님의 얼굴은 여전히 진지했다.

"알겠니? 리나리아. 이건, 네 부모님에 대한 이야기다."

가게 안이 물을 뿌린 것처럼 조용해지며, 아무도 입을 열지 않았다.

리나리아는 숨을 멈춘 것처럼 움직이지 않았다. 원장 선생님은 그런 그녀의 반응을 묵묵히 기다렸다.

"그치만."

리나리아가 내뱉듯이 말했다.

"그치만, 선생님은 아무것도 모른다고."

원장 선생님은 눈을 한 번 질끈 감고는 천천히 말을 이었다.

"미안하다. 줄곧 감추고 있었다. 그것이 네 부모님과의 약속이었으니까."

"그럼!"

그렇게 외치며, 리나리아는 의자를 쓰러뜨리면서 자리에서 일어났다.

"줄곧 알고 계셨던 건가요?! 알면서, 저한테는 쭉 숨기셨던 거예요?! 몇 번이나, 몇 번이나, 몇 번이나 물어봤는데도, 그걸 지금까지, 줄곧 저한테……!"

리나리아의 외침은 듣고 있는 이쪽까지도 가슴이 미어질 것 같은 목소리였다.

갑작스러운 일에, 나는 그녀의 감정을 따라갈 수가 없었다. 무슨 말도 하지 못하고 그저 멍하니 있는 수밖에 없었다.

정면에서 리나리아의 말을 뒤집어 쓴 원장 선생님은 괴롭다는 듯이 얼굴을 일그러뜨렸다. 그는 뭔가를 말하기 위해 입을 열었지만, 그러나 그 말문은 선뜻 열리지 않았다. 그 찰나라고 할 수 있는 시간 속에 얼마만큼의 갈등이 있었을까. 그리고 결국 나온 것은.

"……미안하다."

그런 사죄의 말뿐이었다.

괴로운 것은 리나리아도 마찬가지였던 것이리라.

그렇게 고통스러운 것 같은 얼굴로 사과를 하는데 그 이상 비난하는 것은 그녀에게는 불가능했다. 리나리아는 좋은 의미로든 나쁜 의미로든, 감정이 격해져 있을 때조차도 상대를 배려하는 성격이었다.

고함을 지르지도 못하고, 그렇다고 그 사과를 받아들이지도 못하고. 리나리아는 입술을 깨물고 주먹을 꽉 쥐고는 몸을 돌렸다.

리나리아가 내 옆을 지나쳤다. 무슨 말인가를 해서 그녀를 붙들어 세워야 하는 것일까. 나는 그렇게 생각했다. 하지만 나는 그러기 위한 말을 아무것도 갖고 있지 않았다.

계단을 올라가는 발소리가 멀어졌다. 그리고 문이 닫히는 소리를 마지막으로 가게 안에는 또다시 정적이 되돌아왔다.

"언젠가는, 그 아이에게 말해줘야 한다고 생각하고 있었단다."

원장 선생님이 말했다. 그것은 혼잣말인 것 같으면서도 참회인 것 같기도 했다. 내게 들려준다기보다는, 그것은 자기 자신을 위한 말이었다.

"가능하다면, 말해주고 싶지 않은 이야기였다. 그 아이가 이대로 아무것도 모른 채 스스로 행복해지는 길을 나아간다면, 나는 이 이야기를 결코 밝히지 않겠노라 결심했지. 그것을 확인하기 위해 그 아이를 만나려고 했던 거다."

"리나리아는."

나는 그렇게 대답했다. 혼잣말의 상대역을 맡기보다는 대화상대가 되고 싶었다.

"의료마술사가 되고 싶다고 해요."

원장 선생님은 천장을 올려다보았다. 그것은 마치 기도를 하는 것 같았다.

"틀림없이 어머니를 기억하는 것이겠지. 그 아이의 모친도 의료마술사였단다."

딱히 놀라지는 않았다. 아아, 그랬나 하고 납득이 되었고, 역시 그랬구나, 라는 마음도 있었다. 그것은 분명히 리나리아가 줄곧 끌어안고 있던 문제 중 하나일 것이리라. 도저히 해결할 수 없는 일에 미련을 남기지 않고 단념하기 위해 스스로가 나아갈 길로서 선택한 것일지도 몰랐다.

그것을 끝으로, 우리 사이에는 더 이상 대화가 이어지지 않았다.

나와 원장 선생님 사이에는 뭔가를 공유하기에는 너무나도 큰 골이 있었다. 나는 원장 선생님의 고뇌를 알지 못했고, 리나리아의 과거를 물을 권리도 없었다. 나는 그저 방관자에 불과했다.

얼마간의 정적이 흐르고, 원장 선생님이 나를 향해 말했다.

"……또 와도 될까?"

"물론이죠."

나는 고개를 끄덕였다. 그러자 원장 선생님은 자리에서 천천히 일어났다. 아직 40대처럼 보였는데, 그 동작은 마치 노인처럼 느릿했다.

원장 선생님은 가게 안쪽에 시선을 주었다. 모습을 감춰버린 리나리아를 보듯이.

"이 도시를 떠나기 전에 이야기를 들어주면 좋으련만…… 용서해 달라고는 할 수 없겠군. 그 아이를 상처 입히고 말았다."

원장 선생님은 내게 깊이 고개를 숙였다.

“그 아이를, 잘 부탁하마.”

그리고, 천천히 가게 밖으로 나갔다.

나는 뒤를 돌아 2층을 올려다보았다.

이것은 리나리아의 문제였다. 그것도 가슴속 깊은 곳에, 섣불리 파고들어서는 안 될 것 같은 장소에 있는 것이었다.

그런 장소에 소중히 품고 있는 문제에 함부로 발을 들여놓을 수는 없었다.

원장 선생님은 잘 부탁한다고 하셨지만, 그 부탁을 선뜻 받아들일 수는 없는 노릇이었다.

—내가 할 수 있는 일이, 뭔가 있을까?

나와 리나리아는 서로 모르는 것이 너무 많다는 사실을 깨달았다. 우리에게는 서로 파고 들 수 없고, 혹은 서로 파고들지 않기를 바라는 영역이라는 것이 분명히 존재했던 것이다.

# 제2막 「시들어 버릴 것을 모르고 우거지는 여름 초목처럼[#3]」

## 1

그 뒤로 며칠 동안 리나리아는 평소와 다르지 않은 것처럼 보였다. 노력해서 그러고 있는 것일지도 몰랐고, 혹은 자기 나름대로 정리를 한 것일지도 몰랐다.

어느 쪽이 됐든, 나는 아무 말도 하지 않기로 했다.

뭣보다 가게가 기대했던 것 이상으로, 그 일에만 집중할 수 없을 정도로 바쁜 것도 있었다.

나는 완전히 농담으로 메이드 카페라고 큰 소리를 쳤는데, 이것이 놀랄 정도로 넓게 손님들의 마음을 저격한 모양이었다.

가게 앞에 생긴 행렬은 나날이 길어졌고, 다들 메이드라는 존재를 즐기기 위해 찾아왔다. 즉, 아이나와 토토를 만나러 오는 것이었다. 리나리아는 완강하게 메이드복을 입으려고 하지 않아서, 오늘도 검은 앞치마 차림이었다.

이미 너무 바빠서 바쁘다고 느낄 틈조차 없었다. 그저 눈

#3 시들어버릴 것을 모르고 우거지는 여름 초목처럼(枯れ果てむ後を知らで夏草の) 고금와카집 686번. 마음이 식어 헤어질지도 모르는 앞날은 생각하지 않고 그 사람을 깊이 연모한다(枯れはてむ のちをば知らで 夏草の 深くも人の 思ほゆるかな)의 한 소절.

앞의 일을 처리하는데 열중할 뿐이었다.

그렇게 다망함의 소용돌이 속으로 뛰어들어 그것에 익숙해지자, 비로소 알아차릴 수 있는 것이 있었다.

그것은 의외로 나 자신이 바쁜 것을 괴롭게 여기지 않는다는 것이었다. 그것에는 나도 놀랐다.

눈앞에 늘어져 있는 주문지를 보고 만들어야 하는 요리를 파악했다. 늘 어떻게 하면 효율적으로 달성할 수 있을지를 생각하면서 몸을 움직였다.

주문지는 계속해서 늘어났다. 나는 쫓기듯이 일심불란하게 요리를 만들었다. 그러면 뇌가 서서히 행동에 녹아드는 것처럼 집중력이 높아지는 것을 스스로도 알 수 있었다.

그것이 뭐라 말할 수 없을 정도로 기분이 좋았다. 마치 자신이 요리를 만들어내기 위한 기계에 부품으로 끼워져 들어간 것 같아서, 모든 것이 막힘없이 흘러가면 쾌감조차 느껴졌다.

그것에는 토토의 존재도 컸다. 그녀는 내가 하고 싶은 일을 순간적으로 파악하는 듯, 어느새 손에 닿는 곳에 원하던 것이 놓여있거나 했다. 찬장에서 조미료를 꺼내고, 창고에서 재료를 날라 오고, 식기를 늘어놓고. 그런 일을 토토가 모두 해 주는 덕분에, 나는 요리에만 집중할 수 있었다.

메이드…… 이 얼마나 대단한 존재란 말인가. 토토가 특별한 것이겠지만, 정말로 고용하고 싶을 정도였다.

최근에는 점심때가 지나면 가게를 한 번 닫는 것이 사뭇 당연한 일이 돼 있었다.

아침에 준비해 둔 식재료가 완전히 바닥을 드러낼 뿐 아니라, 미친 듯이 바쁜 점심때를 이겨낸 우리는 이 무렵에는 파김치가 되었다.

정확히는, 나 혼자 지쳐서 나가 떨어졌다.

리나리아는 물론, 토토도 조금도 지친 기색을 보이지 않았다. 역시나 진짜 메이드답다. 체력은 나 따위는 도저히 미치지 못했다.

의외였던 점은 아이나도 아무렇지도 않은 얼굴을 하고 있는 점이었다. 겉보기에 체격은 호리호리했고, 또 귀족 가문의 아가씨였다. 이런 노동에는 약하지 않을까, 그렇게 생각했던 것이다.

그런데 그 점을 물어보니, 아이나는 득의양양한 얼굴로 대꾸했다.

"당신, 꽉 조이는 코르셋과 드레스를 입고 힐을 신은 채 거의 먹지도 마시지도 않고 담소를 계속해야 하는 귀족의 파티를 너무 쉽게 보는군요."

내가 몰랐을 뿐, 귀족이라는 것도 의외로 체력 싸움인 모양이었다.

결과적으로 나 이외에는 다들 비교적 아무렇지도 않은 얼굴을 하고 있었으나, 나는 절실하게 휴식시간을 갖고 싶었다. 오늘 만해도 나는 아주 녹초가 돼 있었다.

"오늘도 다들 줄을 섰네요."

아이나가 허리에 손을 얹은 채 자랑스레 말했다.

물론 메이드복 차림이었으나, 그 점에는 이제 일절 불만이나 의문은 없는 모양이었다. 매일매일, 훌륭하게 메이드복을 소화해내고 있었다.

"마치 유명 음식점의 부류에 들어간 것 같아서 기쁘네."

기진맥진해서 카운터에 뺨을 붙이고 있으면서도, 그런 농담이 나왔다.

여하튼 개점했을 때부터 이곳은 파리가 날리던 가게였던 것이다. 그것이 지금은 매일같이 만석이니, 틀림없이 번창하고 있다고 할 수 있었다. 지금도 믿어지지 않을 정도였다.

"가희에게 감사하도록 해."

카운터에 턱을 괴고 앉은 리나리아가 나른하게 말했다.

분명 이것은 가희 덕분이었다. 이 도시에 오기로 돼 있는 가희를 볼 목적으로, 이만큼의 관광객이 몰려오고 있으니까.

"반드시 직접 만나 인사를 하겠어."

"어머. 이 도시주민의 태반이 그렇게 생각하고 있을 거예요. 가희가 가져오는 경제효과는 폭발적이죠. 게다가 이 도시를 방문하실 두 가희는 보석조차도 빛이 바랠 것 같은 미모의 소유자라던가요."

아이나가 말했다.

"흐응. 엄청난 미인인가 보네."

꽤나 과장된 표현으로 들렸지만, 정말로 그 표현대로라면 꼭 만나보고 싶었다.

가희는 어떤 사람일까.

노래의 공주라고 할 정도이니, 노래를 잘하면서 공주님처럼 아름다울 것이리라.

나는 지금까지 가희란 존재를 본 적이 없었기 때문에, 아무리 해도 상상하기 쉽지 않았다.

그렇게 음음, 하고 내 자랑거리인 상상력을 총동원하고 있으려니, 누군가 소매를 잡아당겼다. 토토였다. 그녀는 눈을 내리깐 채 고개를 저었다.

어라? 하는 생각에 나는 얼굴을 앞으로 향했다. 그러자 리나리아와 아이나가 차가운 눈으로 나를 보고 있었다.

"……자, 저녁 장사에 쓸 재료를 손질할까."

"남자들이란, 정말 다 바보라니까."

"어쩔 수 없어요, 리나리아 씨. 동서고금을 막론하고, 남성은 아름다운 여성에게 매력을 느끼고 끌리니까요. 심지어 그 상대가 가희라고 한다면, 소시민 씨가 번뇌의 바다에 가라앉는 것도 무리는 아니죠."

두 사람의 시선이 내게 날카롭게 박혔다. 아니, 괜찮잖아…… 조금쯤은 가희라는 사람에게 꿈을 꾸게 해 줘…….

나는 사뭇 아무것도 신경 쓰지 않아요, 라는 얼굴로 채소의 껍질을 벗기는 작업을 시작했다. 감자 깎는 칼이라도 있으면 좋겠지만, 없으니 전부 식칼로 해야만 했다. 이야아, 힘든걸. 이거, 피곤하구나.

“들리지 않는 척을 하고 있어요, 리나리아 씨.”

“자기한테 불리할 때에는 그렇게 극복하자, 라는 것이겠죠.”

“두 분 모두 그쯤 해 두시지요. 남자들을 너무 궁지에 몰면 좋지 않습니다. 남성의 마음은 때론 유리 세공보다도 섬세하다고 큰 마님도 자주 말씀하셨습니다.”

이상하네. 왜 나만 이렇게 주눅이 드는 것일까. 아니, 남자의 위치 같은 것은 다 그런 건가.

나는 뭔가를 왁자지껄 떠드는 세 사람에게서 조금 떨어져 껍질 까는데 전념했다. 와, 깨끗하게 벗겨졌다. 재미있는걸.

소소한 현실도피에서 나를 현실로 되돌린 것은 도어벨 소리였다. 전원의 시선이 그쪽으로 향했다.

가게에 들어서기가 무섭게 자신에게 쏟아진 주목에, 내점객은「어라?」하고 눈썹을 끌어올렸다.

“젊은 아가씨들이 이렇게 쳐다봐 주시니, 남자로 태어난 행복을 느끼는군요.”

30대쯤 되었을까. 남자는 여름철 한낮의 길을 걸어오느라 얼굴에 배어나온 땀을 손수건으로 닦으면서 굿훗훗하고 웃으며 훌륭하게 튀어나온 배를 두드려 보았다.

나는 식칼과 채소를 내려놓고 남자에게 말을 걸었다.

“죄송합니다. 지금, 준비 중인데요.”

"아아. 이거 실례했습니다. 그 점은 잘 알고 있습니다. 저는 손님이 아니라 말입니다."

남자는 바닥을 쿵쿵 구르며 카운터 쪽으로 걸어왔다.

"잠시 실례하겠습니다. 옆으로 펑퍼짐해서 죄송하군요."

그리고 리나리아와 아이나 사이를 비집고 들어가 카운터 너머로 내 앞에 섰다. 그는 품에 손을 넣어 부스럭부스럭 뭔가를 꺼내더니, 그것을 내게 내밀었다.

"전 몰트 상회의 몰트 모르 몽블랑이라고 합니다. 편하게 모르모르라고 불러주십시오. 부디 친하게 지내주시길 바랍니다."

"몰트 상회라고요?"

그렇게 목소리를 높인 것은 아이나였다.

나는 남자가 둥근 얼굴에 만면의 미소를 띠며 내민 것을 받아들었다. 손바닥만한 크기의 은색 판이었다. 그것에는 꽃문양이 복잡하게 새겨져 있었고, 중앙에는 문자가 쓰여 있었다. 아무래도 명함 같은 것인 모양이었다.

"예. 몰트 상회입니다. 아시나요?"

모르모르라고 이름을 댄 아저씨는 내가 명함을 받아든 것을 확인하고 난 뒤에야 아이나 쪽으로 몸을 돌렸다.

"소문은 듣고 있습니다. 새로이 사업을 시작한 지 얼마 되지도 않았으면서 꽤나 번성하고 있는 것 같더군요."

"당치도 않습니다. 그저 필사적으로 매일을 넘기고 있을

뿐입니다. 허나, 역시나 포아로제스 가의 아가씨이십니다. 좋은 소식통을 갖고 계시는 것 같군요.”

아이나가 눈썹을 모았다.

“……어머. 저를 아시나요?”

“예. 물론 알고말고요! 이 장사는 눈과 귀가 좋지 않으면 해나갈 수가 없으니 말입니다.”

굿훗훗 하고 웃는 얼굴은 인상이 매우 좋아보였다. 웃음소리가 상당히 특징적이었지만.

그러나 아이나는 지금까지 본 적이 없는 완벽한 미소로 대응하고 있었다. 너무나도 단정한 그 미소는 무척이나 인위적으로 보였다.

“그래서, 저기, 음.”

어딘가 냉랭한 분위기를 환기시키기 위해 나는 입을 열었다.

“그 몰트 상회의 분이 이곳에는 무슨 볼일이신가요?”

“어이쿠, 이런, 실례를 했습니다. 오늘은 말입니다. 소문이 자자한 이 가게의 주인장께 괜찮은 제안을 하나 하고 싶어서 말입니다. 예. 그렇습니다. 그러니까.”

모르모르는 생긋 미소를 지었다.

“새로운 돈벌이 이야기입니다.”

## 2

나와 모르모르는 가게 안쪽의 테이블에 마주보고 앉아 있었다. 눈앞에는 아이스커피가 놓여 있었다.

모르모르는 흥미진진하다는 듯이 잔을 들어올렸다.

그리고 빛을 비춰서 색을 확인하고는 와인에 그러듯이 코를 가까이 갖다 대어 냄새를 맡아보았다. 그런 뒤, 머뭇머뭇한 입, 또 한 입을 마시고는 몇 번인가 고개를 끄덕였다.

"이건 또 흥미롭군요. 어딘가의 나라의 수도원에서는 책을 필사할 때에 특수한 콩을 갈아 끓여 마신다고 하더군요. 전해들은 그것의 특징과 아주 비슷한 느낌이 듭니다. 졸음기가 가시고 집중력이 높아진다든가요."

그렇게 말하는 모르모르의 얼굴을 나는 다시금 살펴보았다.

둥근 얼굴에 눈은 가늘고, 주먹코 밑에는 금색의 수염이 나 있었다. 머리카락은 숱이 적었지만 깔끔하게 7대3으로 나누어 곱게 빗질을 하고 있었다. 생글생글 웃고 있기는 했지만, 무슨 생각을 하는지 알 수 없는 사람이었다.

"더운 날에는 좋은 음료이군요. 개운해요. 과실수보다 제 취향입니다."

모르모르는 굿훗훗하고 웃고는 아이스커피를 내려놓았다.

"이것은 무엇이라고 하는 음료입니까?"

"커피입니다. 그건 차갑게 식혔기 때문에 아이스커피라고 하죠."

"과연. 커피인가요! 멋진 울림이군요."

모르모르는 응응 고개를 끄덕였다.

"그래서, 하고 싶으신 얘기는 뭔가요?"

잠깐 이야기를 한 것만으로도 좀처럼 속을 알 수가 없는 사람이라는 생각이 들었다. 돈벌이 이야기라고 했는데, 혹시 방문 판매의 영업사원인 것일까. 이 세계에 그런 직업이 있는지는 모르겠지만.

모르모르는 테이블 위로 몸을 내밀었다.

"실은 말입니다. 최근에 이 가게의 평판을 들어서 말이죠."

"평판, 말인가요."

"예. 아주 호평이었습니다. 메이드가 접객을 해준다, 라고."

아아. 나는 고개를 끄덕였다.

연일 이렇게 손님이 밀려드는 것이다. 어딘가에서 소문이 나도 이상하지는 않을 것 같았다. 혹은 그 소문이 한층 더 사람을 불러들이는 것일지도 몰랐다.

모르모르는 집게손가락을 세우고, 변함없이 생글생글 웃는 얼굴로 이야기를 계속 했다.

"저는 귀를 의심했습니다. 하지만, 곧 생각을 고쳤지요. 메이드가 접객이라니, 그거 흥미롭구나, 하고 말입니다. 그 뒤로 여러모로 생각을 정리해서, 이렇게 찾아뵈게 된 것입니다."

모르모르는 한층 더 몸을 내밀며 목소리의 톤을 낮추었다.

“그런데, 어째서 또 포아로제스 가의 영애께서 메이드 차림을 하고 계신 겁니까?”

나는 쓴웃음을 지으며 대답했다.

“여러 가지로 사정이 있어서 가게를 도와주고 있는 겁니다.”

“하아. 그렇군요.”

모르모르는 의자에 고쳐 앉으며 통통한 손가락으로 턱을 매만졌다. 뭔가를 생각하는 것 같은 동작이었다. 웃는 형태로 고정된 눈을 내게 향한 채 모르모르는 잠시 침묵했다.

“늦어지고 말았습니다만, 주인장의 성함을 여쭤도 되겠습니까?”

“아, 실례했습니다. 유우라고 합니다.”

“그럼 다시금, 유우 씨. 저와 사업을 해보지 않겠습니까?”

나는 살짝 경계를 했다. 갑자기 찾아온 낯선 사람이 사업 이야기를 꺼내다니, 수상한 것에도 정도가 있었다.

“예, 예. 수상한 이야기라는 것은 물론 잘 알고말고요. 제안하는 저도 그렇게 생각합니다. 허나, 부디 이야기를 잠시 들어주실 수 있으실까요.”

호쾌하게 웃으면서 모르모르는 튀어나온 배를 쓰다듬었다.

“당신은 솔직한 분인 것 같군요. 수상한데, 이 녀석, 이라는 마음이 그대로 전해져옵니다. 저도 솔직하게 말씀을 드리지요. 지금 바야흐로 이 가게에서 행해지는 접객방식— 즉, 메이드가 손님을 대접한다는 것 말이지요. 그것을 꼭 널

리 퍼뜨리고 싶은 겁니다."

"하아. 메이드 카페를 보급시키고 싶은 건가요?"

"메이드 카페?"

내가 그 단어를 꺼낸 순간, 모르모르의 눈이 진지한 빛을 띠었다. 목소리조차 날카롭게 나를 꿰뚫었다.

"유우 씨. 그 메이드 카페라는 것은 무엇인가요?"

방금 전까지의 온유했던 분위기와의 격차에 나는 멈칫하면서 대답했다.

"그, 메이드가 손님을 접대하는 가게를 메이드 카페라고 합니다. 카페란 차와 가벼운 식사를 즐기면서 쉰다는 의미로."

"과연. 카페에 메이드……. 어허. 재미있군요."

모르모르는 밝게 씩 웃으면서 몇 번이나 고개를 끄덕였다.

대체 무슨 일인 것일까.

"시중을 드는 자로 외모가 뛰어난 사람을 뽑는다는 생각은 머나먼 옛날부터 계속돼 온 당연한 발상입니다. 풍속점은 둘째치더라도, 귀족이 이용할 법한 가게에서는 그것이 예나 지금이나 지극히 당연한 일이지요. 허나, 서민이 이용할 법한 가게에서 외모가 아름다운 메이드가 손님 시중을 든다는 발상은 어디에도 없었습니다. 얼마 전의 시대였다면 평민이 귀족과 마찬가지로 메이드의 시중을 받는 일 따위, 있을 수 없는 일이었습니다. 그러나 지금이 되어서는 귀족이니 평민이니 하는 선민사상은 옅어지고 있습니다. 실제로

이 가게의, 메이드가 시중을 든다는 형태는 멋지게 받아들여져, 사람들 사이에서 평판을 얻고 있습니다. 즉, 바로 이 시대에 적합한 새로운 음식점의 시작을 알리는 종이라는 것입니다. 메이드 카페! 근사해요!"

모르모르는 꼭 쥔 주먹을 쳐올리고 뜨겁게 열변을 토했다. 그 너무나도 뜨거운 열의에 나는 의자를 살짝 뒤로 뺐다. 모르모르가 이야기하고 있는 내용도, 말이 너무 빨라서 완전히 이해할 수가 없었다.

"아시겠습니까? 유우 씨. 돈벌이를 위해서라면 장사꾼은 눈을 감으면 코도 베어가는 자들입니다. 이 장소에서 갓 태어난 새로운 아이디어는 곧바로 모방될 것입니다. 그것은 틀림없습니다. 몇 주만 지나면 조악한 메이드복을 걸친 젊은이들이 여기저기의 가게에 넘쳐나겠지요."

"그, 그런 건가요."

"그런 겁니다. 돈이 될 것 같다면 뭐든지 한다. 그것이 장사꾼이라는 족속입니다."

그렇게까지 강하게 말하는 것을 들으니, 그런 것 같다는 기분이 들기 시작했다.

"때문에 저는 이곳에 온 것입니다. 다른 가게들이 모방하기 전에, 대대적으로 선전을 하는 겁니다. 이 가게야말로 메이드 카페의 원조라고!"

모르모르는 두 손을 펼쳤다. 그 모습은 마치 스포트라이트를 받는 무대 위의 배우 같았다.

"예에. 선전 말인가요…… 솔직히, 얘기를 따라갈 수가 없습니다만."

"어허, 이거 실례했습니다. 조금 흥분해서 말입니다."

그렇게 말하며 모르모르는 머리를 긁적여 보였다. 그 동작마저도 연극을 하는 듯 과장된 것처럼 보였다.

"그러니까 말입니다. 모방점이 나오기 전에, 이 가게의 이름과 메이드 카페라는 이미지를 손님들에게 확실하게 심어 주는 겁니다."

나도 이해하기 쉽도록, 모르모르는 알기 쉽게 설명을 해 주었다.

"지금이라면 충분히 손님들의 마음속에 선전할 수 있습니다. 이 가게에서는 메이드가 접객을 해 준다. 그리고 그것은 근사한 체험이다. 메이드 카페와 이 가게가 연결되면 나중에 질이 낮은 모방점이 나온다고 해도 흔들리지 않을 겁니다. 오히려 더 좋지요. 이곳이 원조이다, 진짜를 알고 싶은 사람은 이 가게를, 이라고 얼마든지 운율을 붙여 노래할 수 있을 테니까요."

그가 하는 말에 나는 어안이 벙벙했다. 그 사고방식은 뭐라고 할까, 매우 상업적이었다. 나쁜 의미가 아니라, 명확한 전략을 밑에 깔고 들어가는 방식이었다.

그것은 내가 온 현대 사회에서는 익숙한 것일 터였다. 이것을 사려면 그 브랜드를. 거기에 가면 즐거운 체험을 할 수 있다. 손님과 그런 신뢰를 구축하는 것이 물건이나 서비스를 제공하는 브랜드의 중요한 전략이었다.

그러나 내가 온 현대 사회에서는 그것이 당연하다고 해도, 지금 이 세계에서는 그 생각이 당연하다고 생각되지 않았다.

매우 현대적인 모르모르의 사고방식에 압도된 사이에도 그는 계속해서 말을 이어나갔다.

"메이드도, 옷만 입히고 땡이라는 것이 아닙니다. 제대로 교육을 받은 자를 고용하는 것이지요. 진짜 메이드라면 더더욱 좋습니다. 『이 가게에서 당신에게도 귀족의 시간을』……바로 이겁니다!"

"예에……."

나는 저도 모르게 맥 빠진 대답을 하고 말았다.

그렇게까지 명확하게 이 가게의 방향성을 생각한 적은 없던 것이다.

"어, 음. 그러면 그것을 모르모르 씨와 함께 한다는 건가요?"

"예, 그 말 대로입니다. 아무래도 지금은 포아로제스 가의 영애와 그 시종이 메이드로 접객을 하고 계시는 것 같습니다만, 영애께서도 언제까지고 이 가게에 계실 수는 없으시겠지요."

스스로 생각해도 멍청한 질문을 한 것 같았지만, 모르모르는 웃지 않고 진지하게 대답해 주었다.

"그건, 분명히 그러네요."

"가희의 방문을 앞두고, 음식점에서 일할 일손을 확보하는 것도 매우 힘든 상황이겠지요."

"그것도, 예. 뭐."

"그것에는 제가 협력할 수 있습니다. 뛰어난 인재의 공급도 저희 몰트 상회가 취급하는 업무 중 하나입니다."

나는 팔짱을 끼고 생각에 잠겼다.

메이드 카페를 세상에 퍼뜨린다고?

너무 터무니없는 이야기 같아서 실감이 나질 않았다. 그렇다기보다 우스갯소리의 부류에 들어가는 이야기가 아닐까 싶다.

그러나 모르모르의 이 진지함은 진짜임이 틀림없는 것 같았다. 마치 현대의 비즈니스맨과도 같은 사고방식은, 이 세계에서는 어떻게 비춰질까?

그 선진적인 발생이 잘 맞물린다면, 그가 손을 대는 사업은 성공할 것 같은 느낌이 들었다.

게다가 후반부의 인재를 제공한다는 제안에는 단순히 마음이 끌렸다.

지금은 어쨌든 매우 바빴고, 그것은 앞으로도 당분간 변함이 없을 것이다.

현재 아이나와 토토, 그리고 리나리아도 말하자면 단기 아르바이트로서 도와주고 있을 뿐이었다. 여름 방학이 끝나면 이 가게를 도와줄 사람은 없어지는 것이다.

지금과 같은 수의 손님을 나 혼자 상대하라고 묻는다면 절대로 무리였다. 내가 메이드복을 입을 수도 없는 노릇이고.

다양한 생각이 무질서하게 머릿속을 마구 뛰어다니다가 서로 뒤얽혀, 관자놀이가 아파오기 시작했다. 간단하게 이거라고 답을 낼 수 있는 우수한 뇌가 들어있다면 좋았겠지만, 그것은 불가능한 것을 무리하게 갖고 싶어서 생떼를 부리는 것에 불과했다.

그것보다, 근본적인 의문이 있었다.

"딱히 저한테 양해를 구하지 않고도, 모르모르 씨가 그냥 시작하면 되는 거 아닌가요?"

"지당하신 질문이군요."

모르모르는 미소를 지으면서 고개를 끄덕였다.

"실제로, 그것이 보통이긴 합니다. 좋은 발상을 발견하면 그것을 흉내 낼 뿐. 이익만을 취하고 선구자의 노력은 무시한다. 그런 식으로 장사를 하는 인간이 얼마나 많은지."

모르모르는 이마에 손을 갖다 대고 고개를 절레절레 흔들었다.

"그렇지만, 저희 몰트 상회는 그런 현 상황에 정면으로 거스르려 하고 있습니다. 즉, 좋은 제품이나 발상을 생각해 낸 사람을 보호하고 그 권리와 이익을 보장한다. 그리고, 동시에 그것을 장사로서 활용할 수 있도록 돕는다. 이것이야말로 저희 상회가 추구하는 모습입니다."

"예에…… 그거 굉장하네요."

분명히, 이 세계에서는 특허라는 개념은 없는 것 같았다. 그것은 세계가 다르다거나 하는 문제 이전에, 시대적인 것일지도 몰랐다.

아이디어나 창작물을 지적 재산으로서 보호한다는 생각은 사회의 성숙을 맞이하지 않는 한 존재하지 않는 것일 것이다. 내가 있던 시대에서마저도 저작권은 무시되어 질 나쁜 모조품이 만들어졌고, 불법 업로드라는 단어가 문제가 되어 있었다.

그것을 이 세계에서, 그것도 사업으로서 처리하겠다는 사상은, 어쩌면 깜짝 놀랄 정도로 혁신적인 것은 아닐까.

"그렇지 않아도 장사라는 것은 이것저것 번잡스러운 절차나, 수고가 많이 드는 상호간의 업무가 많습니다. 그런 귀찮은 교섭도 저희 상회가 일괄해 맡음으로써, 유우 씨가 하고 싶은 일에 집중할 수 있는 환경을 만드는 것입니다."

그런 식으로 이야기를 들으니 나로서는 좀 괜찮은데, 라는 기분이 들었다.

가게를 경영하는 이상, 상업길드에서의 수속이나 계약 갱신, 세금 납부 등, 귀찮은 일은 매우 많았다. 그래서 그런 일을 처리해야 하는 시기가 되면 나는 늘 머리를 쥐어 싸곤 했다.

그것을 대신해 준다는 것만으로도, 내게는 공동경영이라는 방식이 매력적으로 비쳤다.

"가희의 방문으로 이 도시에는 한층 더 사람들이 몰릴 것입니다. 이틈에 가게의 환경을 확실히 정비하는 것은 어떠신가요. 요리사도 수배할 수 있으므로, 그렇게 한다면 유우 씨가 쿨쿨 낮잠을 자는 동안에도 가게는 멋대로 계속 돈을 벌어들인다는 환경도 가능합니다."

그렇게까지 잘 될지는 별개로 치더라도, 내가 나 자신에게 익숙한 장소로서 만든 카페가 이 세계에서 뿌리를 뻗어 크게 성장한다는 상상은, 마치 꿈만 같았다. 낮잠을 잘 배짱은 없었지만.

"제게만이 아니라, 유우 씨에게도 결코 나쁜 이야기는 아니라고 생각합니다만."

"그러, 네요."

여기까지 모르모르의 이야기를 듣자, 분명히 나쁜 이야기는 아니라는 느낌이 들었다. 오히려 내게는 좋기만 한 이야기인 것처럼도 생각되었다. 다만, 바로 결단을 내릴 수 있는 일도 아닌 것 같았다. 잘 모르는 일도 많았고, 바로 판단하고 결정을 내리는 것도 내 성격이 아니었다. 그리고, 정말로 메이드 카페를 할 생각인 것일까, 이 사람.

"생각할 시간을 주실 수 있나요?"

예. 물론입니다. 다만, 결단이 너무 늦으신다면……."

다른 가게들이 점점 따라 하기 시작한다는 것일까.

"예. 알고 있습니다."

나는 고개를 끄덕였다. 그것을 보고 모르모르는 자리에서 일어나 악수를 청했다. 그 손을 잡자, 두꺼운 손바닥이 강하게 내 손을 쥐었다.

"좋은 대답을 들을 수 있기를 기대하겠습니다."

3

"몰트 상회가 눈여겨봤다면, 이 가게도 앞으로 유명해지겠군요."

모르모르가 돌아간 뒤, 테이블로 다가온 아이나가 내 오른쪽의 의자에 앉았다. 그녀는 모르모르가 마시고 비운 아이스커피 잔을 손가락으로 땡 하고 튕겼다.

"몰트 상회라는 곳, 유명한 곳이야? 이상한 사기를 벌이는 그런 곳 아냐?"

"당치도 않아요."

아이나는 어깨를 움츠려 보였다. 동작 자체는 평소의 귀족아가씨답게 우아했지만, 옷이 메이드복인지라 살짝 조화가 되질 않았다.

"몰트상회는 대약진 중인 신흥 상회예요. 모르모르, 라고 귀엽게 이름을 대고 있지만, 혼자서 모든 것을 도맡아 관리

하고 있는 상당한 수완가죠. 귀족 중에도 고객이 많다고 들었어요."

꽤나 대단한 사람이었던 모양이었다. 대응을 잘못한 것일까.

"좀 더 비위를 맞추는 편이 좋았을까."

"그렇다면, 지금부터라도 늦지 않았어요. 자. 소시민 씨. 제게 알랑거려도 된답니다. 백작영애이니까요."

아이나는 가슴을 펴고 곧게 뻗은 손가락 끝으로 어깨 위에서 흔들리는 머리카락을 매만졌다.

"흥."

"지금 코웃음을 쳤죠?!"

"그래서, 이 이야기, 어때? 수상하지 않아?"

"아무 일도 없었다는 것처럼 천연덕스럽게 화제를 되돌리지 말아 주시겠어요?"

아이나가 눈을 반쯤 내리뜨고 나를 노려보았지만 나는 그것을 무시했다. 아이나는 나보고 들으라는 것처럼 넌지시 한숨을 내쉬고는 이야기를 이어나갔다.

"어쨌든, 몰트 모르 몽블랑은…… 아, 부르기 어렵네요."

"모르모르라고 하면 되지 않아?"

"중년남성을 모르모르 따위로 귀엽게 부르는 건 제 예의식에 어긋나는 일이에요."

그런 예의식을 갖고 있는 줄은 몰랐다.

"몰트는 시대를 앞서는 것 같은 참신한 사고방식을 갖고 있으며, 그것을 실행하는 것으로 유명해요. 그야말로, 다른 인간은 보지 못하는 것을 볼 수 있는 사람, 이라는 것이겠죠."

그건 어떻게 봐도 너무 무조건적인 칭찬이었다.

"……정말로 대단한 사람이야?"

"그 겉모습을 보면 얕보게 되는 마음도 이해하지만, 정말로 굉장한 사람이라고 불러야 할 거예요. 그가 손을 댄 사업은 하나같이 대성공. 재산을 늘려주니, 귀족들도 매우 기뻐하며 협력하는 거예요."

나는 팔짱을 끼고 턱 끝에 주먹을 살짝 갖다 댔다.

아이나의 이야기만 듣는다면, 모르모르는 귀족을 고객으로 삼을 정도의 실력이 뛰어난 장사꾼이라고 한다. 그야말로 일류라는 말이 어울릴 것이리라.

"그런 사람이 왜 우리 가게에 온 걸까. 내 입으로 말하는 것도 좀 그렇지만, 변두리의 망하기 직전의 이상한 가게인데."

"그건 저도 몰라요. 하지만, 뭔가 모르모르의 심금을 울리는 것이 있었던 거겠죠. 게다가, 이미 성공한 것에 손을 대봤자, 손에 들어오는 것은 뻔하잖아요?"

"음. 분명히 그건 그러네."

"누구도 눈 여겨 보지 않은 것을 성공시키기 때문에 그 보상도 크다는 거예요. 그것이 가능하기 때문에 몰트는 사람들에게 높이 평가받는 것일 것이겠죠. 그가 거래를 제안해오는 것은 출세의 증거라고 말할 정도에요"

거기까지 말한 아이나는 씩 웃어보였다.

"잘 됐네요. 소시민 씨. 몰트 상회가 지휘봉을 잡은 이상, 이 가게는 크게 번창할 것이 틀림없어요."

"그거 굉장하네."

그렇게 감탄을 해 보았지만, 정작 그 장면은 전혀 상상이 되질 않았다. 실감조차 나질 않았다. 다만, 법도 제대로 정비되지 않고 뒤죽박죽인 것 같은 이 세계, 이 시대에 지적재산을 보호한다는 생각을 가진 사람이었다. 귀족을 상대로 교섭을 하거나 새로운 사업을 성공시키고 있다는 이야기를 들어보면, 나보다도 압도적으로 대단한 사람임은 틀림없었다.

"크게 번창한다, 인가."

그 말은 신기한 울림을 갖고 있었다.

나는 이 가게의 지금의 성황을 일시적인 것이라고 생각하고 있었다. 가희가 도시를 방문할 때까지 이어지다가, 그것이 끝나는 것과 동시에 손님들도 자신이 온 곳으로 돌아가고 가게도 옛날처럼 텅텅 빈 모습으로 돌아갈 것이 분명하다고.

그것이 만약, 그렇지 않다면. 나는 생각했다.

만약, 줄곧 번창하는 그런 일이 생긴다면.

많은 손님들이 이 가게를 찾고, 나는 몇 명의 종업원들을 고용해 그들과 함께 일하게 될 것이다.

그런 상황을 지금까지 상상한 적이 없다고는 말할 수 없었다.

이 가게를 시작했을 때, 장부에 적자만 계속되었을 때, 침대 안에서 잠들지 못하고 천장을 올려다보았을 때.

그런 사소한 순간에, 언젠가 그런 날이 오면 얼마나 좋을까, 하고 생각한 적이 있었다.

아무도 없는 가게의 쓸쓸함을 나는 아직도 기억하고 있었다.

나날이 이어지는 적자는 마음의 여유조차도 깎아내서, 내가 시작한 일은 역시 잘못되었다며 몇 번이나 혼자서 울었다.

그런 때에는 으레 똑같은 일을 생각했다. 가게가 번창해서 시끌벅적해지고, 바빠도 즐겁게 일할 수 있다면 얼마나 좋을까.

그것이 설마 현실이 된다는 것일까.

꿈에서까지 봤던 일이 실제로 이루어지는 것일까.

"말로 표현할 수가 없다."

나는 저도 모르게 그런 말을 흘리고 말았다.

"너무 기뻐서요?"

아이나가 물었다. 그 말에 나는 고개를 가로저었다.

"기쁘다기보다는 당황스럽다고 할까. 뭔가 기분이 복잡해."

"환경이 바뀔 때에는 원래 그런 법이죠. 언제나 처음에는 당혹스럽고 불안하기만 할 뿐, 기쁨을 실감하게 되는 것은 한참 지나고 난 뒤이니까요."

아이나는 거침없이 그렇게 말했다. 그런 그녀를 나는 멍청히 바라보았다.

"……뭔가요? 멍청한 얼굴을 하고는."

"아니. 함축적인 말이라고 생각해서. 정말로 나랑 동갑이야? 혹시 나이 속인 거 아냐? 실제로는 스물여섯 살이라든가."

"그럴 리 없잖아요. 참나."

아이나는 기가 막힌다는 기색으로 한숨까지 내쉬었다.

아이나로서는 자못 당연하다고 생각할지도 몰랐지만, 우리 나이에서 그런 말을 그렇게 술술 말할 수 있는 사람이 얼마나 될까. 적어도 나는 무리였다.

때때로 엿보이는 아이나의 높은 정신연령이나 깊은 사고에서 그녀가 자고 나란 귀족이라는 어른 사회의 영향을 느낄 수 있었다.

"있지, 리나리아는 어떻게 생각해?"

아까부터 목소리가 전혀 들리지 않는 것이 신경이 쓰여서 나는 카운터로 얼굴을 향했다.

주방에서는 토토가 하얀 카추샤를 흔들며 저녁영업을 위한 재료를 준비해두고 있었다.

리나리아는 카운터 구석자리에 앉아 창밖을 바라보고 있었다.

내 목소리에 대답은 없었다. 들리지 않은 것일까.

"리나리아?"

나는 조금 큰 목소리로 다시 그녀를 불렀다. 그러자 리나리아가 어깨를 흠칫 떨면서 이쪽을 돌아보았다. 신기할 정도로 감정이 없는, 고요한 표정이었다.

"왜?"

억양이 없는 그 목소리에는 나는 조금 당황했다.

"아, 아니. 리나리아는, 아까 전의 모르모르의 이야기를 어떻게 생각하나 해서."

"아아…… 미안. 잘 안 듣고 있었거든."

힘없이 그렇게 말하고 리나리아는 자리에서 일어났다.

"방에서 쉬고 있을게. 조금 피곤하네."

명백히 우리를 신경 써 주는 희미한 미소를 남기고 리나리아는 가게 안쪽으로 들어갔다.

우리는 아무도 아무 말도 하지 않고, 리나리아를 불러 세우지도 않고 그저 그 뒷모습을 지켜보기만 했다.

"마음이 영 딴 곳에 가 있네요."

아이나가 중얼거렸다. 그 말에 나는 고개를 끄덕였다.

"고민하고 있는 것 같아."

"짚이는 곳이 있나요?"

"있어."

"빨리 사과하고 오세요."

아이나가 나를 노려보며 강한 어조로 말했다.

"잠깐. 왜 내가 뭔가 잘못을 했다는 전제인 거야."

"성탄제 때의 일을 잊은 건가요?"

그 말을 들으니, 나는 반박할 말이 없었다.

이전에 리나리아에게 성탄제 때 열리는 학원의 파티에 초대받은 일이 있었다. 그때의 나는 무지에서 비롯된 경망한 태도로 그 초대를 거절했고, 결과적으로 리나리아를 상처 입히고 말았다.

"아아, 그래. 그때는 내가 잘못했어. 좋을 대로 말해."

나는 태도를 바꾸어 오히려 뻔뻔하게 가슴을 펴고 당당하게 선언했다.

"하지만 이번 건 내 탓이 아니야."

"그럼 누구 탓이라는 건가요."

아이나가 팔짱을 끼고 미심쩍다는 듯이 나를 쳐다보았다.

아이나의 가느다란 집게손가락이 일정한 리듬으로 위팔을 두드렸다. 그 움직임이 마치 나를 비난하는 것 같았다. 전신으로 나를 의심하고 있다고 주장하고 있었다. 이래서는 마치 취조인 것이 아닐까.

나는 모든 것을 다 자백하고 편해지고 싶었지만 꾹 참았다. 나는 범인이 아닌 것이다.

"리나리아의 개인적인 문제라서 내가 얘기해도 좋을지 모르겠어."

아이나는 아무 말도 하지 않고 나를 물끄러미 쳐다보았다. 마치, 내 말의 진위를 판별하려는 듯이.

메이드복 차림의 여자에게 추궁 당한다는 경험은 좀처럼

해볼 수 있는 것이 아니었다. 그리고 그 경험은 도저히 즐겁다고 말할 수 있는 것도 아니었다. 거북하기도 했고, 마음이 불편하기도 했다.

"……알았습니다. 그런 것이라면 깊이 묻지는 않겠어요. 하지만, 만약 제가 할 수 있는 일이 있다면 말해주세요. 그, 친구, 이니까요. 걱정이 됩니다."

아이나의 말에 나는 미소를 지었다.

그렇게 말해주는 친구가 리나리아의 곁에 있어서, 정말로 다행이라는 생각이 들었다.

"물론이지. 리나리아에게는 기운찬 모습이 어울리니까 말이야."

그 말을 들은 아이나가 삐죽 입술을 내밀었다.

"당신도예요."

"뭐가?"

"그러니까, 아, 정말, 왜 그렇게 둔감한 건가요. 리나리아 씨도 물론이지만요."

아이나는 얼굴을 휙 돌렸다.

"당신도 걱정이 된다고 하는 거예요. ……친구로서."

순간, 나는 말문이 막혔다.

나는 눈앞에 앉은 여자아이를 말똥말똥 쳐다보았다.

그녀는 귀족이라는, 내게는 익숙하지 않은 존재이자 리나리아의 전(前) 스토커로, 지금은 왠지 메이드복을 입고 가게 일을 도와주고 있었다.

지금까지 의식한 적도 없었고, 말로 한 적도 없었다. 하지만 이렇게 확실하게 말로 표현을 하자, 신기한 실감과 함께 따뜻한 감정이 가슴을 감싸 안았다.

"고마워. 기뻐."

그런가. 그런 식으로 느끼고 있던 것은 나만이 아니었던 건가. 다행이다.

아이나는 새초롬하게 턱을 들어올렸다.

"그, 그래요. 뭐, 소시민 씨가 제발 꼭 그러고 싶다고 말하니, 어쩔 수 없지만요! 이제부터라도 사이좋게 지내드려도 상관없어요."

아이나의 요령이 부족한 성격에 미소가 나왔다.

"응. 제발 사이좋게 지내준다면 고마울 것 같아. 난 친구가 적어서."

나는 농담처럼 가볍게 대꾸했다. 그런데 그 말에 아이나는 아무 말도 하지 않았다.

"……."

마치 넓게 펼쳤던 날개를 다시 접은 공작처럼, 몸을 작게 움츠리고 테이블을 내려다보고 있었다. 그러더니, 내 모습을 살피는 것처럼 힐끗 시선을 보내왔다.

"……저, 늘 미안해요. 저도 친구가 적어서. 그렇다고 할까, 스스럼없이 대할 수 있는 상대가 전혀 없어서 어떻게 행동하면 좋을지 잘 알지 못한답니다. 불쾌하게 만드는 적도 있죠? 저기, 이제부터 노력할 테니까."

갑자기 정색을 하고 진지하게 말하는 어조에 나는 그만 웃음을 터뜨리고 말았다.

"자, 잠깐. 뭔가요?! 사람이 진지하게 이야기를 하는데 무례하군요!"

"미, 미안. 나도 모르게."

밀려올라온 웃음이 가라앉지를 않아서 나는 꽤 고생을 했다. 눈가에 맺힌 눈물을 닦을 무렵에는, 아이나는 부루퉁한 얼굴로 나를 노려보고 있었다.

"괜찮아. 불쾌하게 한 적 없으니까. 오히려 늘 유쾌하게 해주고 있지."

갑자기 체스로 결투를 신청해온다든지, 잘 알지 못하는 이 세계의 카드게임을 억지로 가르쳐준다든지, 식사에 이런 저런 주문을 추가한다든지 하지만, 내게 그것은 즐거운 시간이기도 했다.

아이나는 올곧은 아이였다. 겉과 속이 다르지도 않았으며, 악의도 없었다. 때문에 우리는 서로 자기 좋을 대로 말을 할 수 있었고, 그때 일을 마음에 담아두지도 않았다. 게다가, 무척 의지가 되었다.

"……표현이 좀 신경이 쓰이네요."

뚱한 얼굴 그대로 아이나는 그런 말을 했다.

나는 잠시 생각을 한 뒤 이렇게 말했다.

"부디 이 가련한 소시민과 앞으로도 사이좋게 지내주시면 기쁘겠습니다."

그리고 꾸벅 고개를 숙이자, 아이나는 후후 하고 만족스럽다는 듯이 웃었다.

"그렇게까지 말한다면야 그 성의를 무시할 수는 없군요. 하지만, 앞으로는 귀족인 제게 한층 더 경의라는 것을 말이죠……. 잠깐만요, 듣고 있나요? 소시민 씨."

나는 입가의 미소를 감추는데 한 고생을 했다. 그리고 또 주방에 있던 토토도 상냥한 미소를 짓고 있었다.

4

저녁 영업시간이 되자, 리나리아는 방에서 내려와 딱히 이렇다 할 기색 없이 일을 하기 시작했다. 하지만 그 모습이 오히려 거꾸로 나를 내치는 것처럼도 느껴졌다. 난 괜찮으니까 아무것도 묻지 말라. 그런 의사가 느껴졌다.

저녁 식사를 목적으로 온 손님들이 늘어나고 자리가 점점 채워짐에 따라, 나도 리나리아를 걱정할 여유가 없어졌다.

토토가 훌륭하게 활약해주고 있다고는 하나, 그래도 주방에는 두 사람밖에 없었고 주문은 끊임없이 밀려왔다.

게다가 줄은 또 길게 늘어서 있는 것 같았다.

메이드 카페이기 때문이라든가 손님들이 친구를 데리고 왔기 때문이라든가 하는, 그런 이유 때문만이 아니었다. 가게 앞에 늘어선 그 줄 자체가 압도적인 힘을 갖고 길을 오가는 사람들에게 선전을 하는 것이었다.

주위의 사람들이 같은 장소를 보고 있으면 나도 그곳을 볼 것이며, 사람들이 줄을 서 있으면 그 앞에 있는 것에 흥미를 갖게 될 것이다. 새로운 것, 보기 드문 것을 사족을 못 쓰는 관광객이라면 더더욱 그랬다.

가게 앞에 늘어선 줄에 흥미가 동한 사람이 그 줄에 섦으로써 또 다른 사람의 관심을 끈다. 그야말로 줄의 나선 구조가 완성된 것이다.

"즐거워지기 시작했습니다."

머리카락을 뒤로 올려 묶은 토토가 혼잣말처럼 중얼거렸다.

쉬지 않고 움직이고 있는 탓인가, 아니면 화구의 불 탓인가 전체적으로 피부가 새하얀 가운데 얼굴만이 선명하게 상기되어 있었다. 이렇게 바쁜 가운데에도 즐겁다는 듯이 미소를 띠고 있었다.

"나는 벌써 진이 빠지기 시작했어."

"우는 소리는 삼가주세요. 이제 막 시작한 참입니다."

"이 메이드 씨, 엄격하네."

"그것 또한 메이드가 할 일이니까요."

진짜일까. 그냥 토토의 성격인 것이 아닐까.

토토와 농담을 주고받으며 나는 대량의 파스타를 삶고, 햄버거를 구웠으며, 커피를 끓였다.

떠들썩함이 흘러넘치는 가게 안을 메이드복 차림의 아이나와 검은 앞치마를 두른 리나리아가 바쁘게 돌아다녔다. 요리를 나르고, 주문을 받고, 주방으로 돌아오기 전에 또 손님의 부름을 받았다.

거, 꽤나 번창하고 있군. 이래서는 꼭 인기점 같은걸. 그 광경을 보며 나는 그렇게, 마치 다른 사람의 일인 것처럼 생각하기도 했다.

"손이 멈추셨습니다."

"아, 미안."

아무래도 멍하니 있었던 듯, 토토에게 주의를 받고 말았다.

"무슨 일이 있으신가요?"

"아니, 그 뭐랄까 정말로 인기점인 것 같다, 라는 생각이 들어서 말이야. 얼마 전까지는 매일 파리가 날리던 가게였으니까, 왠지 신기한 기분이야."

"분명히, 이전에는 차분한 느낌이었지요."

차분한, 이라는 에두른 표현에서 토토다운 배려가 느껴졌다.

"지금은, 충분히 인기점이라고 해도 좋지 않을까, 그렇게 생각합니다."

"역시 그렇지? 설마 이런 날이 올 줄이야."

"기쁜 일입니다."

그러나 토토의 말을 듣고 나는 또다시 손을 멈추고 말았다.

"기쁜, 가."

"경영이라는 것은 그런 것이 아니던가요? 손님이 많아지고, 이익이 늘어나 자산이 윤택해진다. 일반적으로 볼 때, 현 상황은 충분히 기쁘다고 생각됩니다만."

토토의 말을 부정할 요소는 아무것도 없었다. 그 말 대로였다. 경영에 실패해서 기뻐할 사람은 없었다. 또, 적자보다 흑자가 좋은 것은 분명했다.

나도 이 가게를 경영하고 있는 것이다. 이익이 남는 편이 그렇지 않은 편보다 더 나았고, 인기가 없는 것보다 인기가 있는 쪽이 당연히 더 좋았다. 마땅한 귀결이었다.

하지만. 나는 생각했다.

나는, 기쁜 것일까.

뭔가 중요한 일을 못보고 넘어간다는 느낌이 들어서, 나는 머릿속에서 명확한 형태를 취하고 있지 않은 그것을 붙잡으려고 했다. 그러나 리나리아의 부름에 그것은 안개처럼 흩어져 사라져 버렸다.

나는 얼굴을 들고 리나리아를 쳐다보았다. 리나리아가 뭐라고 했는지도 듣지 못했다.

"그러니까, 왔어."

"와? 누가?"

리나리아가 말없이 어느 한 곳을 가리켰다. 나는 그 손가락이 가리키는 끝을 쳐다보았다. 그러자 웬 거구가 가게 문을 연 채로 서 있는 것이 보였다.

그 사람은 코르레오네 씨의 보디가드였다. 단련된 몸이 금방이라도 터질 것처럼 검은 양복을 밀어 올리고 있었다. 목부터 위쪽은 늑대의 얼굴이었는데, 오늘도 심사가 언짢은 것처럼 미간에 주름이 잡혀 있었다.

그 발치에는 물론, 토끼인 코르레오네 씨가 서 있었다. 새카만 양복에 목에는 빨간 색의 긴 숄을 두르고, 머리에는 작은 모자를 얹고 있었다. 계절은 이제 완전히 여름이었건만, 두 사람의 복장에는 한 치의 흐트러짐이 없었다.

나는 서둘러 손을 닦고 카운터에서 나가 그를 맞이했다.

"코르레오네 씨. 어서 오세요. 왠지 오랜만에 뵙네요."

"……음. 그래, 그렇군."

코르레오네 씨는 대답도 하는 둥 마는 둥 하고 가게 안을 슥 둘러보았다.

"아. 죄송해요. 오늘은 만석이라……."

"아니, 괜찮다. 바깥에 늘어선 줄을 보면 알 수 있는 일이지. 오늘은 너와 얘기를 하고 싶어서 말이다. 시간을 조금 내줬으면 하는구나."

"얘기, 말인가요."

"잠깐 밖으로 나갈 수 있을까."

나는 가게 안을 둘러보았다. 나갈 수 있는 상황은 아니었지만, 코르레오네 씨가 이렇게 말하는 이상 중요한 이야기임이 틀림없었다. 토토의 부담이 커지겠지만 나중에 사과하도록 하자.

"알았습니다. 잠깐이라면."

"그래."

코르레오네 씨가 가게를 나섰다. 나도 그 뒤를 따랐다.

밖은 완전히 밤이 되어 있었다. 길가의 가게들은 불을 켜 어둠을 밝히고 있었다. 여름다운 후끈한 열기가 느껴졌지만, 이따금씩 부는 바람이 기분이 좋았다.

코르레오네 씨는 길 건너편에 놓인 벤치까지 걸어가 그 위에 뿅 올라탔다. 늑대 씨는 조금 떨어진 곳에 서서 주위를 경계했다.

"최근에는 상태가 꽤 좋은 것 같구나."

그것이 가게에 대해 말하는 것이란 걸 알아차리기까지 약간 시간이 걸렸다.

코르레오네 씨에게 그런 말을 듣자 왠지 간지러웠다. 나는 의미도 없이 머리를 긁적였다.

"예. 덕분에요."

코르레오네 씨는 내 어깨 너머로 가게를 바라보았다. 나도 뒤를 돌아보았다. 창으로는 노란 빛이 흘러넘쳐서 길을 밝히고 있었다. 출입구로는 긴 줄이 늘어서 있었다.

"성공이라는 것은—."

코르레오네 씨가 그런 말과 함께 입을 열었다. 나는 코르레오네 씨 쪽으로 몸을 돌렸다.

"신기한 것이다. 아무리 바라도 손에 들어오지 않는다고 생각했더니, 생각지도 않은 계기로 굴러들어오는 일도 있지."

"예에. 그러, 네요. 그건, 절 말씀하시는 건가요?"

"그렇기도 하고, 내 경험담이기도 하다."

코르레오네 씨는 겉보기에는 귀여운 하얀 토끼였지만, 실제로는 암흑가에서도 이름이 알려진 마피아 보스였다. 거기에 부업으로, 이 도시의 일류음식점들의 식재료를 도맡아 관리하고 있다고 했다. 이 사람과 내 이야기가 같은 예로 쓰인다는 사실이 조금 신기한 느낌이 들었다.

"뭔가를 손에 넣기 위해서는 뭔가를 포기해야만 한다. 성공이란, 변화다. 처음에는 의도하지 않은 계기였다고 해도, 그것을 계속하려면 뭔가를 바꿔야만 하지."

그런 말을 하는 진위를 이해할 수 없어서 나는 대답을 할 수가 없었다.

그런 내게 아랑곳하지 않고 코르레오네 씨는 말을 계속했다.

"나는 성공을 위해 많은 것들을 버렸다. 변화를 받아들여 여기까지 왔지. 손에 넣은 것은 많지 않지만, 돈과 권력은 부족함이 없다."

코르레오네 씨는 가게에서 시선을 떼고 나를 올려다보았다.

"몰트 상회에서 같이 사업을 하자는 제안을 받았지?"

"그렇긴 한데…… 어떻게 아시는 거죠?"

모르모르가 가게에 왔다 간 것은 오늘 점심때의 일이었다. 기껏해야 몇 시간밖에 지나지 않았다.

"정보에 밝은 것은 비단 상인만이 아니다."

흥. 가볍게 콧방귀를 뀌고는 코르레오네 씨는 말을 이었다.

"몰트상회의 주인은 양손에 재능을 쥐고 태어난 것 같은 사내다. 그 사내에게 맡긴다면 네 가게는 성공이라는 변화를 얻을 수 있을 거다. 하지만, 대신 무엇을 버리게 될지, 넌 생각해 본 적이 있나?"

"버린다……?"

그것은 예상조차 못한 말이었다. 내가 뭔가를 포기하게 되다니, 생각해 본 적도 없었다.

"네 가게가 번창하는 일은 기쁠 거다. 하지만, 나는 솔직히 기쁘지는 않다."

"기, 기쁘지 않다니."

"나는 이전의 네 가게가 더 좋았다."

코르레오네 씨가 내 말허리를 자르듯이 그렇게 말했다. 그 말에 나는 입을 다물었다.

"분명히 손님은 적었다. 언제 망할지 이쪽이 더 걱정이 되는 것 같은 그런 가게였지. 고급 요리도 없고 술도 없고 여자도 없다. 내가 아는 유명한 음식점과 비교해 무엇 하나 나은 것이 없는 가게였다. 하지만, 그런 변두리의 쓸쓸한 가게에는 네가 있었다."

코르레오네 씨는 똑바로 내 눈을 바라보았다.

코르레오네 씨의 말 한 마디 한 마디가 왜인지 가슴을 찌르는 것처럼 울렸다.

"이 기회에 말해 두겠다만, 넌 꽤 이상한 녀석이다. 사고방식도, 사람을 대하는 태도도 모두 상식에서 벗어나 있어. 보통의 인간은 내 정체를 알면 태도가 바뀌지. 피하거나 환심을 사려고 하거나. 하지만, 넌 과연 어땠을까. 전혀 달라진 게 없었다."

그것은 내가, 마피아라든가 권력이라든가 그런 것과 전혀 연이 없는 인생을 살아왔기 때문임이 분명했다. 너무나도 무지한 나머지, 무서워하지도 못했던 것뿐이었다.

나는 그렇게 입을 말하려고 했다. 하지만 코르레오네 씨가 손짓으로 그것을 제지했다. 자자, 얘기를 더 들어봐라. 그렇게 말하는 것 같은 느낌이었다.

"네가 만드는 요리는 칼질도 거칠고, 본 적도 없는 것들이지만 맛이 있다. 하지만 정말로 중요한 것은 네가 만든 요리를, 그 쓸쓸한 가게에서 먹는 일이다. 그 가게에서의 식사시간은 결코 다른 곳에서는 맛볼 수 없어. 그저 한 사람의 인간으로서 나와 마주해준 네가, 나를 위해 눈앞에서 만들어주는 것이니까, 맛이 있는 거다."

코르레오네 씨는 모자를 벗어 옆에 내려놓았다.

“네 가게에서 요리를 앞에 두면, 늘 따뜻한 기분이 된다. 긴장을 풀고 지금까지 잃어버린 것들도 잊고, 그저 나 자신으로 있을 수 있지. 나는 가족과의 식사라는 것을 경험해본 적이 없다만, 네 요리가 내게는 바로 그것일지도 모른다.”

그 말에 나는 가슴이 콱 메어왔다.

그런 식으로 생각해 주고 있었다니, 전혀 알아차리지 못했다. 내가 무심하게 만들던 요리를, 그렇게까지 소중하게 여겨주는 사람이 있었다는 것을 나는 비로소 깨달았다.

“변화는 어쩔 수 없는 일이다. 어떤 것이라도 모두 변하지. 그것은 받아들여야만 한다.”

코르레오네 씨가 말했다.

코르레오네 씨의 그 말에 나는 아무 말도 하지 못하고 그저 압도될 뿐이었다.

“하지만, 이번만큼은 그것을 허용할 수 없다. 관광객들에게 네 가게는 단순히 인기 있는 음식점일 거다. 몰트 상회에게는 새로운 사업의 씨앗이겠지. 하지만, 내게 네 가게는…… 돌아가야 하는 집과도 같은 곳이다.”

코르레오네 씨의 시선을 나는 끝까지 받아낼 수가 없었다. 그 진지한 마음과 주고받을 수 있는 것을, 지금의 나는 갖고 있지 않았다.

“몰트상회가 네가 사업을 제안했다면, 나 역시 그에 대항하마. 유우. 네 가게를 사들이고 싶다.”

심장이 두근, 하고 강하게 뛰었다. 나는 마치 폐가 경련을 일으키기라도 한 것처럼 날카롭게 숨을 삼켰다.

"얼마라도 상관없다. 네가 앞으로 금전에 대해서는 동전 한 닢조차도 고민하지 않도록 해 주마. 매월 얼마를 지불하든, 나는 그것을 비싸다고 생각하지 않을 거다. 그러니까, 이전의 가게로 되돌려줬으면 한다. 그리고 또 내게 요리를 만들어주지 않겠나? 지금의 저 소란스러운 가게에는 내가 있을 곳이 없다."

코르레오네 씨는 나를 쳐다보았다. 그리고 내가 무슨 말을 하려는 것보다 먼저 시선을 돌렸다. 하얀 토끼는 옆에 내려놓은 모자를 집어 들어 머리에 얹고, 가벼운 소리를 내며 땅에 내려섰다.

"나는 진심이다. 잘 생각해 보길 바란다."

코르레오네 씨는 뒤를 돌아보지 않고 걸어갔다. 나는 그 뒷모습을 그저 지켜보기만 했다. 그 작은 등이 여름밤의 혼잡함 속으로 사라질 때까지 계속.

나는 벤치 앞에 못 박힌 듯이 서서 가게를 보았다.

그것은 내 가게였다. 내가 있을 곳으로서 만든, 나만의 카페였다.

지금은, 알지 못하는 사람들이 줄을 이루고 있었다.

그들이, 즐겁다는 듯이 가게로 들어갔다.

그러고 보니. 나는 퍼뜩 한 가지 사실을 기억해냈다.

아니면 지금까지 떠올리지 않으려고 했던 것일지도 몰랐다. 그러나 결국 모습을 드러낸 사실에서, 더는 눈을 돌릴 수가 없었다.

늘 가게에 와 주던 단골들이 지금은 가게에 오지 않았다. 얼굴을 보는 일도 없었고, 인사를 나누는 일도 없어졌다.

내 가게가 관광객으로 흥청거리기 시작한 무렵부터 계속.

## 5

가게로 돌아가자, 손님들의 소란스러움과 함께 리나리아가 마중을 나와 주었다.

"무슨 애기를 한 거야?"

내 표정에서 뭔가를 읽어낸 듯, 그 어조에는 걱정하는 기색이 담겨 있었다.

그 상냥함에 어리광을 부리듯이 나는 실은, 하고 입을 열려다가 멈추었다. 리나리아야말로 지금은 고민할 만한 문제를 안고 있었다. 거기에 내 문제까지 꺼낸다면, 그것이야말로 민폐라는 것이리라.

그래서 나는 웃으면서 말했다.

"대단한 애기는 아니었어."

문득 리나리아의 눈이 가늘어 지는 것처럼 보였다.

"……그래? 그럼 잘 됐네."

그리고 리나리아는 다시 접객으로 되돌아갔다. 말을 잘못 한 것일지도 몰랐다. 리나리아의 쌀쌀맞은 말과 태도가 내 기분을 한층 더 무겁게 했다.

하지만 지금은 침울해하고 있을 때가 아니었다. 분명히 주문이 밀려 있을 것이다. 나는 서둘러 주방으로 들어갔다.

그날의 영업을 그럭저럭 끝마치고, 나는 텅 빈 가게 안에서 카운터에 앉았다.

피로가 몸 깊숙한 곳에 무겁게 쌓여 있었지만, 그것이 오늘도 해냈다는 만족감을 느끼게 해 주기도 했다.

……라고 폼을 재며 말해보았지만, 오늘만큼은 만족감에 젖을 수 있을 정도의 감정의 여유가 없었다.

몰트상회에서는 장사를 같이 해보자는 제안을 해왔고, 코르레오네 씨는 가게를 팔아달라고 했으며, 원장 선생님은 리나리아를 잘 부탁한다고 말했다.

모든 것이 다 무엇을 어떻게 하면 해결할 수 있을지 전혀 알 수 없는 상황이었다. 왜 이렇게 된 것일까.

아니, 원인은 알고 있었다. 가희가 이 도시에 온다고 했기 때문이었다. 모든 것이 거기에서 시작되어 돌고 돌아 지금의 상황이 된 것이다.

이상하네. 나는 탄식했다.

손님이 늘어나는 것은 내가 줄곧 바라던 일이었다.

가게를 손님으로 가득 채워서 커피의 매력을 알게 해주겠다, 라고 큰 소리를 쳤건만. 실제로 그런 상황이 닥치자, 대처하기 곤란한 문제들이 출현했다.

어쨌든, 여러 가지 일이 너무 한꺼번에 일어난 것이다. 좀 봐줬으면 했다. 생각할 일이 너무 많았다.

이것도 저것도 다 가희라는 사람들 탓이었다. 그들이 이 상황에 대해 책임을 져주었으면 했다.

머릿속에서 빙글빙글 소용돌이치는 고민에 휘둘리고 있던 탓에, 언제부터 리나리아가 그곳에 있었는지 알 수 없었다.

"……여어."

정신을 차리고 보니 옆에 리나리아가 앉아 있었다, 라는 상황은 심장에 안 좋았다. 벌렁거리는 심장을 의식하면서 나는 간신히 말을 걸었다.

리나리아는 아무 말도 하지 않고 고개를 끄덕거렸다.

"어, 저기, 무슨 일, 이야?"

설마 볼일도 없이, 그저 의자에 앉으러 온 것은 아니리라.

"코르레오네가 왔다 간 뒤로, 우물쭈물 줄곧 고민하고 있었잖아."

"윽."

스스로도 알고 있었지만 이렇게까지 딱 잘라서 말하자 난처했다. 우물쭈물. 그랬다. 나는 결심을 못하고 우물쭈물 하고 있었다.

"그렇게 혼자서 고민하면, 우리까지 신경이 쓰여. 무슨 말을 들었는지 얘기해보면 어때?"

"아니, 대단한 일은 아니야."

리나리아의 상냥함은 가슴에 사무칠 정도로 기뻤다. 그랬기 때문에 나는 허세를 부렸다.

그게, 그렇잖아? 여자아이 앞에서 우는 소리를 하다니, 그래서는 남자의 자존심에 상처가 났다.

"그것보다 리나리아는 괜찮아? 그, 왜, 원장 선생님의."

약간의 창피함과 고민을 끌어안고 있는 스스로를 얼버무리고 싶어서 나는 밝게 물었다.

때마침 이렇게 둘이서 이야기를 할 수 있는 기회가 왔기 때문에 나는 과감하게 슬쩍 속을 떠보았던 것이다.

"……나도, 대단한 일은 아니야."

리나리아의 목소리는 마치 나를 내치는 것 같았다.

아무래도, 내 대답은 전혀 좋지 못했던 모양이었다.

"미안."

나는 반사적으로 그렇게 사과했다. 그러자 리나리아의 눈초리가 점점 더 날카로워졌다.

"나는, 그렇게 미덥지 못해?"

분위기가 바뀌는 것이 피부로 느껴졌다. 리나리아의 눈을 마주보는 것은 거북해서, 나는 카운터의 나무결을 바라보았다.

"그렇지 않아. 늘 도움을 받고 있는걸."

"하지만, 넌 아무것도 얘기해주지 않잖아."

나는 말문이 막혔다.

설마. 늘 많은 얘기를 하고 있잖아?

나는 그렇게 말하려고 했다. 하지만 입이 움직이지 않았다. 목이 달라붙은 것처럼 목소리가 제대로 나지 않았고, 말도 하나도 나오지 않았다.

"있지. 나, 너에 대해 전혀 몰라. 어디서 태어났는지도, 어떤 꿈이 있는지도, 어떤 가족이 있는지도, 지금, 뭐 때문에 고민하고 있는지도. 아무것도 몰라."

리나리아가 던지는 말의, 그 소리 하나하나가 내 가슴을 후려쳤다.

그녀는 왜 나에 대해 모를까.

그것은 내가 의도적으로 그렇게 해왔기 때문이었다. 뭔가를 물어보면 대충 얼버무리고, 곧바로 화제를 바꿔버렸다. 그리고 지금도, 나는 내가 고민하는 일을 이야기하려고 하지는 않았다.

"그건, 리나리아 쪽이 더 큰일이라고 생각해서."

변명이라는 것은 말이 많아지든가, 아니면 제대로 설명도 못할 정도로 말주변이 없어지든가 둘 중 하나일 것이다. 나는 후자였다. 그리고, 대부분 그 선택은 잘못되었다.

리나리아는 입술을 깨물더니, 목소리를 높였다.

"나도 그렇게 생각하고 있어. 나보다도 네가 더 큰일일 거라고. 하지만 나랑 상의도 하지 않고 무슨 일이 있는지도 가르쳐주질 않아. 넌, 언제나 나를 신경 써줬고, 내 바보 같은 꿈도 비웃지 않고 격려해 줬어. 그래서 나도 널 도와주고 싶어. 하지만…… 나로는 안 되는 것 같네."

맹렬하게 불타오르던 불꽃이 수그러드는 것처럼, 리나리아의 몸에서 힘이 빠져나가는 것을 알 수 있었다. 그녀는 한숨을 남기고 자리에서 일어났다.

"날 믿어주지 않는 사람과 상의 같은 건 할 수 없잖아?"

그 말을 남기고 리나리아는 가게 안쪽으로 들어가 버렸다.

홀로 남겨진 내게는 그 이상 변명할 말도 없었다. 그래서 그 뒤를 쫓아가는 일도 할 수 없어서.

나는 의자 등받이에 전신을 기대고 나른하게 천장을 올려다보았다.

그 상태로 리나리아의 말을 되새겨보았다.

그 말에 뭔가 반박을 할 수 있을까. 아니, 그럴 수 없었다.

뭔가 변명할 수 있을까. 그것도 불가능했다.

분명히 리나리아의 말대로였다. 나는 그렇게 생각했다. 나는 나 자신에 대해 아무것도 이야기하지 않았다. 비밀주의인 인간은 누구에게도 신뢰받지 못하는 것이 섭리였다. 약한 부분을 내보이지 않는 인간에게, 자신의 약점을 보이는 일은 불가능했다.

나는, 리나리아를 믿지 않는 것일까.

자문에 대한 답은 금방 돌아왔다.

그렇지 않았다. 나는 리나리아를 신뢰했다.

그럼, 나는 왜 리나리아에게 이야기하지 않는 것일까. 왜 자신에 대해 숨김없이 털어놓지 못하는 것일까.

대답은 매우 단순했다.

나는 이 세계 사람이 아닌 것이다.

어떤 이야기를 해도, 어딘가에서 거짓말을 하게 되어 있었다. 내가 태어난 장소도, 환경도, 이 세계에는 존재하지 않는 것이다. 나는 리나리아에게 거짓말을 하고 싶지 않았다. 사실을 이야기해서 버림을 당할 것이라고 생각하면 무서웠다.

나는 이세계에서 왔습니다, 라고 말하는 인간을 누가 믿어줄까?

6

오늘은 정기 휴일이었다. 바쁘기만 한 나날 속에 휴식이 없으면 해나갈 수 없었다. 점심때까지 느긋하게 낮잠이라도 자고 싶은 참이었지만, 지금의 나는 혼자 사는 것이 아니었다. 너무 게으른 생활을 할 수는 없는 것이었다.

아침 식사 시간은 평소와 다르지 않았다. 달라진 점을 든다면, 나와 리나리아 사이에 대화다운 대화가 없었다는 점일까. 어제 일이 원인이라는 것은 의심할 여지가 없었다.

리나리아는 묵묵히 식사를 하고, 나는 말을 걸려고 하다가 결심이 서지 않아 실패한다는 것을 계속 반복하고 있었다.

아이나는 우리를 번갈아 보며 한숨을 쉬었고, 토토는 표정을 바꾸지 않았다.

"잘 먹었습니다."

리나리아가 식사를 마친 식기를 싱크대에 갖다놓고는 그대로 2층으로 올라가 버렸다.

"……당신들 두 사람. 예전이랑 똑같은 일을 하고 있지 않나요?"

아이나가 기가 찬다는 것처럼 말했다.

"면목이 없어."

이전에 리나리아와 거리가 벌어지고 말았을 때에도 그 원인은 나였다. 다시금 그런 말을 듣자, 전혀 성장하지 못한 것 같은 기분이 들었다.

"어제는『내 탓이 아니야』라고, 그렇게 말하지 않았던가요."

"그 말을 했을 때에는 틀림없이 내 탓이 아니었어."

"저와 얘기를 한 뒤에 리나리아 씨와 무슨 일이 있었나요?"

나는 말없이 고개를 끄덕였다.

아이나는 눈구석을 누르며 나를 바라봤다.「정말 이 사람은……」이라는 말이 들리는 기분이 든다.

"이미 끝난 일은 어쩔 수 없죠. 이번에는 무슨 사고를 친 건가요. 어차피 또 당신이 무신경한 소리라도 한 거겠죠."

"그건 뭐, 그렇긴 한데."

거기서 나는 나 자신이 또다시 말끝을 흐리려고 한다는 것을 알아차렸다.

아아, 진짜. 바로 이런 구석 때문이잖아. 고민을 끌어안고 한계에 다다르기 직전까지 다른 사람과 상의하지 않는다. 그런 성격 탓에 문제가 복잡해지는 것이다.

"잠깐 얘기를 들어줄 수 있을까?"

나는 용기를 쥐어짜 머뭇머뭇 아이나에게 그렇게 물어보았다. 아이나는 어리둥절한 얼굴로 나를 마주 바라보더니, 웃었다.

"새삼 정색을 하고 무슨 일인가요. 소시민 씨와 리나리아 씨의 문제라면 그건 제 문제나 마찬가지예요. 자, 얘기해 보세요."

"……지금만큼은 아이나가 믿음직스럽게 보여."

"이번에는 그냥 넘어가주겠지만, 두 번은 없어요."

"죄송합니다."

웃는 얼굴이 무서웠다.

상의를 한다고 해도, 리나리아가 끌어안고 있는 문제를 내가 설명할 수는 없었다. 그 언저리는 대충 넘기고 나는 일련의 사정을 이야기했다.

대략적인 설명을 끝내자 아이나는 「과연」 하고 고개를 끄덕였다. 그러고는 「달콤새큼하네요」라고 중얼거렸다.

"뭐가 달콤새큼하다는 거야. 이쪽은 진지하다고."

"그러니까 하는 말이에요. 청춘을 구가하고 계신 것 같아

부럽네요."

아이나는 여 보란 듯이 한숨까지 쉬었다. 그 바람에 나로서는 울컥 화가 났다.

"그럼, 아이나도 같이 연루시켜줄까."

"사양하겠어요. 그런 건 성격에도 안 맞는걸요. ……그런 그렇고, 이야기는 간단하잖아요."

내가 머리를 싸쥐고 고민하는 문제를 간단하다고 단언하는 아이나의 말에 나는 고개를 갸우뚱했다.

"리나리아 씨는, 소시민 씨에 대해 좀 더 알고 싶다고 하는 거예요. 그러니 이야기를 해 드려요."

"우음."

그건 그렇지만.

그것이 가장 올바른 해답이라는 것은 나도 이해하고 있었다. 하지만, 실행으로 옮기기는 꽤 어려울 것 같았다.

"……뭐, 사람에게는 누구나 이야기하고 싶지 않은 일은 있지요. 무리하게 그렇게 하라고는 못 하겠지만요."

아이나는 슥 몸을 앞으로 내밀었다.

"하지만, 당신이 지금 무엇에 대해 고민하고 있는지 정도는 이야기할 수 없나요?"

나는 팔짱을 끼었다. 실은 그 점에 대해 이전부터 생각하던 바가 있었다.

"아이나나 고르 할아버지에게는 고민도 이야기할 수 있는데, 리나리아에게는 왠지 말하기가 어렵단 말이지. 뭐랄까, 남자의 오기라고 할까."

"어머."

문득 옆쪽에서 그런 목소리가 났다. 그 소리에 나는 소리가 난 쪽으로 고개를 돌렸다. 그러자 토토가 손가락 끝으로 입을 가리고 있었다.

"실례했습니다. 저도 모르게 목소리가."

"괜찮아요. 그 기분은 충분히 이해하니까."

아이나는 아이고 맙소사, 라고 말하는 듯이 고개를 잘래잘래 흔들었다.

"남자들은 조금이라도 약한 모습을 보이면 볼품이 없다고 생각하겠지만요. 그건 착각이에요. 늘 강한 모습을 잃지 않으면서 상대를 도와주고 싶고, 힘이 되고 싶다고 생각하는 건 오만입니다."

"윽."

솔직한 그 말에 나는 가슴이 아팠다.

"애초에 말입니다만, 리나리아 씨는 당신에게 도와달라고 부탁을 했던가요?"

"아니요……."

"그렇다면, 당신의 그 마음은 강요하는 것일 뿐이겠군요. 「고민을 안고 있는 것 같으니까 그 고민, 내가 들어줄게」 라며 높은 곳에서 손을 뻗어봤자 그 손을 잡고 싶지는 않아요. 자립심이 강한 여성이라면 특히요."

"윽."

결코 그런 마음은 없었다. 없었지만, 중요한 것은 상대가 어떻게 느꼈는가 하는 것이었다. 그리고 지금까지 나의 태도나 행동이 그렇게 보였을 가능성은 충분했다.

"잘 들으세요, 소시민 씨. 비에 젖은 상대에게 우산을 내미는 것만이 상냥함은 아니에요. 때로는 우산을 접고 같이 비를 맞아줌으로써 상대를 구원해주는 경우도 있답니다."

"속이 깊은 말이네……."

"그럴 거예요. 시집에서 인용한 말이에요."

"아이나가 생각한 말이 아니구나……."

"그 상황에 어울리기만 한다면 출처는 상관없답니다."

아이나는 자랑스레 그렇게 말했다.

"그러니까, 당신도 제대로 약한 모습을 보이세요. 그것이 리나리아 씨를 믿는다는 증거가 될 거예요. 리나리아 씨는 상담에 응해주느니, 응해주지 않느니 그런 것이 아니라, 두 사람이 서로 받쳐주는 그런 관계를 바라는 것은 아닐까요?"

그것은 단순했고, 알기 쉬웠으며 그리고 중요한 말인 것 같았다.

나는 아이나의 말을 몇 번이나 곱씹었다. 한 마디 한 마디가 납득이 되어 눈앞이 맑게 개는 기분이었다. 자신이 어느 방향을 목표로 나아가야 할지를 가르침을 받은 것 같았다.

"고마워, 아이나. 머릿속이 상쾌해졌어."

아이나는 손을 살래살래 흔들었다. 귀족답게 우아한 움직임이었다.

나는 자리에서 일어났다.

해야 할 일은 안 것이다. 나는 얼른 리나리아를 만나러 가려고 했다. 그러나 그 이전에…….

"……잠깐만요. 어디에 가는 건가요?"

밖으로 나가려고 한 걸음을 옮긴 참에 아이나가 나를 불러 세웠다.

"아니, 일단은 산책을 좀 하려고."

나는 머리를 긁적이며 변명을 했다. 그러자 아이나는 노골적으로 기가 막힌다는 얼굴을 해보였다.

어쩔 수 없잖아. 리나리아 녀석, 아까 그렇게나 나를 거절하는 태도를 취했다고. 마음가짐을 새로 하고 솔직하게 이야기를 하는 데에는 용기가 필요하단 말이야. 그리고 무엇을 얘기할지도 사전에 제대로 생각해두고 싶었다.

"뭐, 이제 아무 말도 하지 않겠어요. 하지만 빨리빨리 돌아오도록 하세요."

"넌 내 보호자냐……."

나는 다시 가게를 나서려고 했다. 그러다가 또 한 번 멈춰섰다.

그리고 뒤를 돌아보며 물었다.

"있지."

"예?"

"내가, 사실은 다른 세계에서 왔다고 하면, 어떨 것 같아?"

아이나는 별 시시한 소리를 다 하는군요, 라고 말하듯이 손을 저어보였다.

"그런 농담을 생각해낼 수 있을 정도라면 이제 괜찮겠네요."

가볍게 그렇게 말하는 것을 듣고 나도 웃음으로 답했다.

"그렇지?"

나는 가게를 나와 거리를 걸었다. 이 세계에도 여름이 있다는 사실이 기뻤다.

햇살은 뜨거워서 피부를 태우는 것 같았지만, 그만큼 경치는 환했다. 활짝 갠 푸른 하늘과 하얀 구름의 경계선은 또렷하게 나뉘어져 있어, 그것을 보는 것만으로도 기분이 좋아질 것 같은 여름날이었다.

이렇게 거리를 걷고 있으려니, 정말로 사람이 늘어났다는 것을 실감할 수 있었다.

이곳은 미궁을 중심으로 한 모험가의 도시였지만, 지금은 모험가들의 모습을 거의 볼 수가 없었다. 엄청난 수의 관광객들에게 질려서 어딘가에 틀어박혀 있거나, 아예 휴가라고 작정하고 마음먹고 방에서 쉬고 있는 것일까.

거리를 걷는 사람들 중에는 부유해 보이는 차림을 한 사람들이 많았다. 가희의 방문을 기대하면 몇 개월 전부터 이 도시에 와 있을 정도였다. 집이 가깝거나, 돈이 산더미처럼 많은 사람인 것이 틀림없다.

생각을 정리하기 위해 산책을 하려고 생각했지만, 사람이 너무 붐벼서 걷는 것도 여의치 않았다.

나는 겨우 빈 벤치를 찾아 그 중 하나에 엉덩이를 걸쳤다.

길에 늘어선 포장마차나 가게 여기저기에서 큰 소리로 손님을 불러 모으고 있었다. 그 소리에 사람들의 대화 소리도 섞여서 매우 시끄러웠다. 이런데도 평범한 사람들에게는 단순한 평일이라니, 믿을 수 없었다. 가희가 이 마을에서 돌아갈 때까지, 매일이 축제처럼 지나가는 것일까.

나는 그대로 멍하니, 오가는 사람의 물결을 바라보았다.

여름의 태양이 이글이글 얼굴을 구웠다. 이렇게 밖에 앉아 있자, 날씨가 좋다고 하기에는 조금 더웠다. 꽤나 길게 자란 내 머리카락이 태양열을 흡수하는 것을 알 수 있었다.

문득 얼굴 위로 그림자 하나가 드리워져서 나는 시선을 들어올렸다.

"아, 안녕하세요."

빛을 가로막듯이 눈앞에 서 있던 것은 원장 선생님이었다. 며칠 전에 만났을 때에도 또 한층 더 야윈 것처럼 보였다. 검은 신부복도 완전히 후줄근해져 있었다.

"옆에 앉아도 될까?"

갑작스러운 만남에 놀라면서도 나는 고개를 끄덕였다. 원장 선생님은 몸도 묵직한 것처럼 벤치에 앉았다.

"이야, 이렇게 더워서는 좀 힘들구나. 여름도 절정이 가까운 것 같아."

"정말로요. 저희도 여름 방학이 있었으면 좋겠어요."

"하하. 그거 괜찮은데. 휴식은 중요하니까 말이지."

활짝 밝게 웃고는, 원장 선생님은 품에서 꺼낸 손수건으로 이마에 밴 땀을 닦았다.

"마침 네 가게에 가려던 참이었다."

"지금 말인가요?"

"그래. 실은, 내일이라도 돌아갈까, 그렇게 생각해서 말이다."

손수건을 쥔 손을 무릎 위에 올려놓고 원장 선생님이 길 건너편에 시선을 주었다.

"가기 전에 리나리아에게 이야기를 해 줄 수 있었으면 해서 말이지. 오늘밤에라도 시간을 내줄 수 있으면 좋으련만."

"돌아가다니…… 그럼, 기부금 모금은 끝난 건가요?"

원장 선생님은 나와 얼굴을 마주보며 뺨을 긁적였다.

"유우 군. 넌 비밀을 지킬 수 있는 사람인가?"

"입은 무거운 편이라고 자부합니다만……."

그러자 원장 선생님은 내게 얼굴을 가까이 갖다 댔다. 마치 누군가가 훔쳐듣는 것을 경계하는 것 같은 기색이었다. 그럴 리가 없다는 것은 알았지만, 나도 분위기를 파악하고 심각한 얼굴로 귀를 가까이 갖다 댔다.

"실은 말이지."

"예."

"전혀, 소득이 없었어."

온몸에서 쭉 힘이 빠졌다.

어지간히 중요한 얘기인 것일까 하고 생각했건만.

"소득이 없었나요."

"없었다. 역시, 요즘 같은 시기에 고아원에 기부해 줄 사람은 좀처럼 찾을 수가 없어서 말이지. 이야기를 들어주는 사람이 있어도 내가 잘 이야기를 잘 매듭짓지 못했단다."

웃고는 있었지만, 원장 선생님의 고생은 정말이지 컸으리라.

식사도 제대로 못한 것이 틀림없었다. 그렇지 않았다면, 뺨이 이렇게까지 홀쭉해질 정도로 야위지도 않았을 터였다.

"아무쪼록 리나리아에게는 비밀로 해주겠니? 이 이상, 그 아이에게 걱정을 끼칠 수는 없으니까 말이지."

원장 선생님이 거듭 다짐을 하듯이 말했다.

어디선가 들은 말이군. 나는 그렇게 생각했다.

걱정을 끼치고 싶지 않으니까 비밀로 한다. 그것은 분명히 상냥함에서 비롯되는 행동이었지만, 거꾸로 뒤집어 보면 관계없는 사람으로 만들어 버리는 것이었다. 이야기를 하지 않으면 분명히 걱정은 하지 않고 끝날지도 모른다. 하지만 자신은 이 사람에게 신뢰받지 못하는 걸까 하고 생각하는 리나리아의 마음을 드디어 이해할 수 있을 것 같은 느낌이 들었다.

"하지만 리나리아는 사실을 알고 싶지 않을까요?"

나는 그렇게 말했다. 그러자 원장 선생님은 눈을 몇 번 깜박이더니 작게 웃음을 흘렸다.

"그렇구나. 그럴지도 모르지. 그 아이는 늘 자신이 할 수 있는 일을 찾는 아이었으니까."

"그래도 비밀로 하실 건가요?"

그것은 내가 답을 찾던 질문이기도 했다. 모든 것을 이야기해야 할 것인가, 혹은 비밀을 비밀인 채로 놔두어도 될 것인가. 그 고민의 길잡이가 되어줄 수 있으면 좋겠다고 생각했다.

원장 선생님은 손수건으로 다시 땀을 닦고는 쓴웃음을 지었다.

"그래, 비밀로 할 거다. 그 아이에게 기부금이 모이지 않았다고 말한다면, 분명히 신경을 쓸 거다. 여차하면, 네 가게에서 일하고 받은 돈을 가져가라고 말할지도 모르지."

역시나 리나리아를 잘 아는 사람이었다. 행동을 완전히 꿰뚫어보고 있었다.

"하지만, 그런 일을 당하면 내가 설 곳이 없잖아? 리나리아는 왜 얘기를 해 주지 않았느냐고 화를 낼지도 모르지. 하지만 그때는 사과하면 돼. 어쨌든 이건 내 고집이니까."

"고집?"

"그게, 그렇잖아? 난 그 아이의 보호자였고 지금도 그렇게 생각하고 있다. 그리고 뭣보다, 남자이니까 말이지. 멋져 보이고 싶잖아."

원장 선생님이 찡긋 윙크를 했다. 나는 웃었다.

그런가. 고집인가. 그렇게 생각하는 방법도 있는 건가. 고집이라는 단어가 신기하게도 쉽게 가슴에 스며들었다.

"그러네요. 알 것 같습니다."

"그렇지? 뭐, 그렇게 말하면 리나리아는 또 화를 내겠지만 말이야. 남자들은 다 바보야, 라든가 그런 식으로."

그렇게 말하면서 한숨을 쉬는 리나리아의 모습이 내게도 쉽게 상상이 되었다.

"옛날부터 그랬나요?"

"그래. 자주 혼이 났단다. 나도 그랬고, 시설에 있는 다른 아이들도 말이지. 그 아이는 큰 언니였으니까. 그래도 다들 그 아이를 잘 따랐단다."

나도 최근 들어서 알게 된 것인데, 리나리아는 새침한 구석이 있는 것 같으면서 사실은 남을 무척 잘 돌봐주었다. 그것은 고아원에서 생활하면서 몸이 밴 것일지도 몰랐다. 그리고, 그런 그녀를 아는 사람이 그녀를 싫어할 리 없었다.

"리나리아는 옛날부터 이해가 빨라서 많은 것을 할 줄 아는 아이였단다. 그래서 다른 사람보다 잔걱정은 갑절로 많아서 말이야. 자기가 할 수 있는 일은 뭐든 하려고 해서, 칭찬을 해야 할지 꾸짖어야 할지 고민이 되곤 했지."

"그런 점은 지금도 달라지지 않았네요."

"너무 올곧아서 서투른 아이야. 손재주는 좋은데 말이다. 시설에 있을 때에는 아이들의 머리카락을 자주 잘라주곤 했지."

"예? 머리카락까지요?"

나는 놀라서 그렇게 되물었다. 그러자 원장 선생님은 힘차게 고개를 끄덕이고는, 만면의 미소를 띤 얼굴로 이야기를 해주었다.

"그게 말이지, 정말 잘 자른단다. 아이들의 터무니없는 요구도 다 들어주면서 말이야. 내 머리카락을 잘라준 적도 있을 정도야."

"그거, 부럽네요."

나로서는 느낀 바를 솔직하게 말한 것이었다. 그런데 그 말이 떨어지기 무섭게, 원장 선생님은 떨떠름한 얼굴을 했다.

"하지만, 머리카락을 자르는 동안에는 도망칠 수 없잖아? 그래서 그 동안에는 줄곧 설교를 들었단다. 좀 더 똑바로 하세요, 라고 말이야. 뭐, 지금으로서는 좋은 추억이지."

원장 선생님은 옛날을 그리워하듯이 따뜻한 표정을 지었다.

내가 모르는 리나리아를 줄곧 지켜봐 온 사람이 있는 사실에 나는 안도했다. 이렇게 온화한 얼굴을 하는 사람이 곁에 있던 것이다. 그 시절은 분명히 리나리아에게도 좋은 추억일 것이다.

“좀 무례한 질문인데요……, 기부금은, 괜찮은 건가요?”

리나리아에게 고아원은 소중한 장소임이 틀림없었다. 부모님처럼 생각하는 원장 선생님이 곤경에 처했다면, 자신에게 소중한 곳이 없어질 그런 상황에 처하게 된다면, 리나리아는 어떻게든 하고자 생각할 것이다.

내가 어지간히 한심한 얼굴을 했던 것일까. 원장 선생님은 과장되게 웃어보였다.

“뭐, 어떻게든 할 거다. 언제까지고 귀족들과의 교섭이 힘들다고 말할 수는 없으니까 말이지.”

원장 선생님은 손수건을 다시 품속에 집어넣고 자리에서 일어났다.

“이야. 이야기를 들어줘서 고맙다. 덕분에 의욕이 좀 났다. 이제부터 다시 한 번 힘을 내보려고 해. 돌아가기 전의 마지막 발버둥으로 말이지. 미안하지만, 리나리아에게 오늘 밤 가게로 간다고 말을 전해줄 수 있을까?”

“예, 알았습니다. 하지만.”

그녀가 이야기를 들어줄까.

원장 선생님도 다 안다는 것처럼 고개를 끄덕였다.

“만약 이번에 얘기하지 못한다면 다시 오면 돼. 그 아이가 마음의 준비가 될 때까지 몇 번이고.”

그런 말을 남기고 원장 선생님은 인파 속으로 서투르게 섞여 들어갔다. 여름의 햇살이 짙은 그림자를 만들어냈다.

그 뒷모습은 그림자가 서로 겹치는 혼잡함 속으로 섞여 들어갔다.

고집, 인가.

그 말이 머리에 남았다. 그것은 내 머릿속에 넓게 뿌리를 뻗은 고민의 한가운데로 굴러 들어와 전부를 휘감았다. 그래서 그것을 잡아당기면 고민을 통째로 제거할 수 있지 않을까, 그런 느낌도 들었다.

가게로 돌아가자.

리나리아와 이야기를 해 보자는 생각이 들었다. 지금이라면, 말할 수 있을 것 같았다.

나도 벤치에서 일어나 인파의 흐름 속으로 미끄러져 들어갔다.

가게로 돌아왔을 때에는 토토도 아이나도 없었다. 나는 계단 아래에서 호흡을 가다듬고 기합을 넣은 뒤 계단을 올라갔다.

그리고 리나리아의 방 앞에 멈춰 서서, 노크를 하기 위해 손을 들고 다시 한 번 심호흡을 했다.

긴장할 정도의 일도 아닐 터인데도, 심장소리가 이상하리만큼 시끄럽게 들렸다. 나는 그 박동의 박자에 맞추듯이 문을 두드렸다.

대답은 없었다. 다시 한 번 노크를 해야 할까. 혹은 외출

했을 가능성도 있었다.

그렇게 고민을 하고 있으려니, 문이 열리며 리나리아가 얼굴을 내보였다. 여느 때보다 데면데면한 그 시선이 찌릿 하고 내 가슴을 아프게 찔렀다.

"……무슨 일이야?"

"있지."

그 아픔에 기가 꺾이지 않도록, 나는 강하게 말을 꺼냈다.

그리고 아차, 싶었다.

무엇을 얘기해야 할지는 생각했지만, 어떻게 말을 시작할지는 생각하지 않았던 것이다.

나는 말문이 막혀 아무 말도 하지 못했다. 리나리아는 그런 나를 의아하다는 듯이 쳐다보았다. 우리 두 사람 사이에 거북한 침묵이 내려앉고, 나는 어쨌든 뭔가를 말하고자 했다.

"머리카락을, 잘라주지 않을래?"

"——뭐?"

## 7

어릴 때부터 머리카락을 자르는 일은 별로 좋아하지 않았다. 목에 천을 둘러서 테루테루보즈[#4]처럼 되는 것이 멍청해보

**#4 테루테루보즈** 맑은 날을 불러온다는 일본의 인형. 하얀 색 천에 눈사람 같은 머리모양을 하고 있다.

였기 때문이었다. 게다가 꼼짝도 하지 말아야 했고, 다른 사람의 손이 머리카락이나 머리를 만지면 근질근질했다.

그런 얘기를 하자, 리나리아는 「네네」하고 한 귀로 흘려버리면서 내 목에 천을 감았다. 창고에 넣어놨던 순백의 테이블 보였다.

이전에 어떤 단골손님이 여성에게 구애를 하기 위해 내 가게에서 디너를 먹은 적이 있었다. 그때 분위기를 내고자, 내가 직접 준비해서 테이블에 덮었던 것이었다. 그 뒤로 사용할 일도 없어서, 먼지만 뒤집어쓰고 있었다.

“그래서, 왜 갑자기 머리카락은 자르는 건데?”

리나리아가 빗을 손에 들고 내 머리카락을 빗었다.

“슬슬 잘라야겠다 싶었어. 그런데 전에 갔던 가게에서는 머리를 엉망으로 만들어놔서.”

“어머. 그 가게 사람에게 나라면 괜찮을 거라고 소개라도 받은 거야?”

“가게 사람은 아니었지만 소개는 받았어. 게다가, 널 믿으니까.”

이렇게 말하는 건 조금 치사했을까.

리나리아의 손이 잠시 멈추었다가 곧바로 다시 움직였다. 앞 머리카락을 똑바로 빗어 내리자, 머리카락이 시야를 가렸다.

“여자아이도 아니고, 정말 길긴 하구나.”

"멋지게 부탁해."

"……그건 내 능력으로는 힘들어."

"진지한 얼굴로 그런 말, 하지 말아 줄래?"

역시나 나도 상처받는다고.

"농담은 관두고, 정말로 그렇게까지 잘 자르지는 못해."

"하지만 시설의 아이들 머리카락은 자주 잘라줬잖아?"

"……원장 선생님이구나?"

리나리아가 가윗날을 맞부딪쳐서 철컥 소리를 나게 했다. 나는 등줄기가 오싹해졌다.

"아까 거리에 나갔다가 우연히 마주쳐서 말이야. 잠깐 얘기를 했어."

"흐으응. ……건강하게 잘 계시는 것 같디?"

나는 어떻게 대답할지를 잠시 생각했다. 어떻게 봐도 건강하다는 얼굴은 아니었지만, 그것을 말했다가는 원장 선생님에게 변명할 말이 없었다.

"리나리아가 걱정하지 않도록 열심히 하겠다고 힘이 잔뜩 들어가 있었어."

그렇게 말하는 내 말투에서 뭔가를 간파한 것일까, 아니면 예전부터 알고 지낸 상대인 만큼 예상을 했던 것일까. 리나리아는 잠시 입을 다물더니, 곧 작게 중얼거렸다.

"정말, 남자들은 다 바보라니까."

그야말로 원장 선생님이 상상했던 대로의 말을 했기 때문에, 나는 웃음을 참는데 고생을 했다.

리나리아가 한숨을 쉬면서 내 머리카락을 들어 올려 싹둑 잘랐다.

“저기, 그렇게 과감하게 잘라도 괜찮은 거야?”

“괜찮아. 이런 건 한 번에 자르는 편이 더 나아.”

싹뚝.

“……불안해지기 시작했어.”

“맡겨 둬. 책임은 못 지지만.”

“믿음직스럽네. 고마워. 하지만 역시 관둬도 괜찮을까.”

“어허. 가만히 있어.”

나는 자리에서 일어나려고 했지만, 리나리아가 양손으로 어깨를 눌러서 움직일 수가 없었다. 겉보기에는 호리호리한 주제에 리나리아는 힘이 무척 좋았다. 분명히 학원의 수업으로 단련된 것이리라. 결코 내가 약한 것이 아니었다. 틀림없다.

내가 탈출을 포기하자, 리나리아는 시원시원하게, 익숙한 손놀림으로 머리카락을 잘랐다.

싹둑.

썩둑.

머리카락을 자르는 소리만이 가게 안에 울려 퍼졌다.

“내가 열 살 정도였을 때 이야기인데.”

가윗날이 맞부딪치는 소리에 덮어씌우듯이 나는 말문을

열었다.

"사이가 좋은 친구가 있었어. 나는 그 애를 절친이라고 생각했지. 놀 때도, 학교에서 집에 갈 때도 같이 다녔고, 나쁜 짓을 할 때에도 같이 했어, 그래서 선생님께도 늘 같이 혼이 났지."

"……네가 나쁜 짓을 했다고? 상상이 안 되는걸."

"나도 옛날에는 개구쟁이였어. 그야말로 악행을 날마다 반복해서는……."

"거짓말은 안 해도 돼."

…….

뭐, 거짓말이긴 하지만.

"어쨌든 어느 날, 우리는 버려진 새끼 고양이를 발견했어. 벌써 저녁때가 다 돼서 주위도 어두워지기 시작하고 있었지, 우리는 둘이서 어떻게 할지 얘기를 했어. 우리 집도, 친구네 집도 동물을 키우는 건 금지였거든. 우리는 거기 선 채로 어떻게 해야 할지 몰라 했고, 해만 계속 저물었어. 계절은 겨울이어서 엄청 추웠어. 이대로 돌아가면 새끼 고양이는 죽을 거라는 걸 알고 있었어. 하지만, 나는 아무것도 할 수 없었어."

귀 위쪽에서 가위가 서걱서걱 움직이고 있었다.

"그랬더니, 친구가 새끼 고양이를 안으면서 말했어. 『내가 데리고 갈게』라고. 하지만 집에서 금지하잖아, 라고 내가 말하니까, 그 애는 이렇게 대답하는 거야. 『그래도 난 데리고 가고 싶어. 부탁해보지 않으면 모르잖아』라고. 나는, 그 애가 새끼 고양이를 데리고 가는 모습을 묵묵히 지켜보기만 했어."

"……그러고 나서 어떻게 됐어?"

"결국 그 애네 집에서는 키울 수 없었어. 하지만 이웃에 사는 사람이 맡아서 키우기로 했다는 것 같아. 지금도 건강하게 잘 지내고 있지 않을까."

"그래? 잘 됐네."

"그래. 훈훈한 이야기지. 하지만, 나는 지금도 문득문득 생각해. 왜 나는 그 애처럼 할 수 없었을까, 하고. 어린애였지만 깨달을 수 있었어. 무리라고 생각되는 일을 앞에 두면, 그저 주저앉아서 포기하는 인간과 그래도 행동하는 인간이 있다. 그리고 나는 행동할 수 있는 인간이 아니다, 라고 말이지."

나는 언제나, 보이지 않는 다리 문제를 떠올렸다.

무슨 일이 있어도 앞으로 나아가야만 하지만, 눈앞에는 낭떠러지가 펼쳐져 있다. 그곳에 보이지 않는 다리가 있다는 말을 듣고 용기를 갖고 한 발을 내디딜 수 있는 인간과, 떨어질 것을 두려워 해 내딛지 못하는 인간이 있었다. 나는 틀림없이 후자였다.

나와 리나리아 사이에 약간의 침묵이 흘렀다. 그리고 지금까지 중에서 가장 크게 서걱 하는 소리가 울려 퍼졌다.

"앗."

"저기, 지금 앗, 이라고 했지?"

"아니, 하지 않았어. 응. 괜찮아."

"저기. 되게 불안한데, 지금 그냥 싹둑 잘라버렸지?"

"괜찮아. 이 정도로 짧은 편이 더 좋아. 여름이기도 하니까."

"역시 짧아졌잖아?!"

"남자잖아. 사소한 일에는 신경 쓰지 마."

불합리하다. 너무나도 불합리해. 나는 남자 중에서도 섬세한 편이라고. 나는 속으로 눈물을 흘렸다.

"그래서, 하고 싶은 얘기가 뭔데?"

사람이 모처럼 노력해서 이야기를 했건만, 분위기는 완전히 깨져 있었다. 잘린 머리카락이 어떻게 됐는지 신경이 쓰여서 집중도 되지 않았다.

나는 태도를 바꾸어, 될 대로 되라는 기분으로 이야기를 계속했다.

"깊은 의미는 없지만, 나는 이런 인간이라는 걸 가장 알기 쉬울 것 같아서. 난 옛날부터 고민거리가 있으면, 그 자리에 주저앉아서 우물쭈물하느라 행동을 하지 못했어. 그리고 지금은 가게를 어떻게 해야 할까 하는 일로 고민하고 있고."

"어떻게 하다니?"

"몰트상회는 같이 사업을 하면서 가게를 키워보자고 하고, 코르레오네 씨는 내 가게를 사고 싶다고 해. 돈을 낼 테니까, 전처럼 조용한 가게가 좋대."

리나리아의 손이 멈추었다.

"얘기가 그렇게 진행되었던 거야? 잘 됐잖아. 어느 쪽이든 대박이네."

가위를 짤각짤각 울리는 것은, 박수의 대신인 것일까.

나도 그런 식으로 가볍게 생각할 수 있었다면 좋았을 텐데.

"어느 쪽으로 하면 좋을지 알 수 없어서 고민 중이야."

"그렇구나."

리나리아가 내 앞으로 돌아 나와서 앞 머리카락을 집어 올렸다. 리나리아의 얼굴이 정면에 선명하게 보였다. 가위를 움직일 때마다 머리카락이 팔락팔락 콧등에 떨어져서 간지러웠다.

리나리아는 머리카락을 자르는데 집중하고 있었다. 나는 눈을 감았다. 뺨에 닿는 그녀의 손가락의 서늘한 그 감촉이 기분이 좋았다.

"방금 전 얘기 말인데. 버려진 새끼 고양이."

문득 리나리아가 그렇게 말했다.

"넌, 어떻게 하고 싶었어?"

어떻게 하고 싶었을까.

지금까지 몇 번이나 다시 생각해봤다. 그리고 답은 늘 정해져 있었다.

"나도, 데리고 가고 싶었어."

하지만, 그러지 못했다. 아버지와 어머니가 안 된다고 할 것을 알았기 때문이었다. 혹은, 그것을 변명삼아 작은 생명을 책임지는 일에서 도망쳤던 것뿐이었는지도 몰랐다.

"데리고 가고 싶었어."

자신의 감정을 확인하듯이 나는 다시 한 번 강하게 말했다.

"그랬다면 괜찮아."

뺨에 서늘한 것이 와 닿아 나는 눈을 떴다. 바로 앞에 리나리아의 눈이 있었다. 그녀는 두 손으로 내 뺨을 감싸고는 시선을 고정하고 있었다. 평소처럼 눈을 돌려 도망칠 수는 없었다.

"정말로 아무 행동도 하지 못하는 사람은, 그런 일조차 생각하지 않아. 애초에 눈여겨보지도 않을뿐더러, 무리라고 생각하면 곧바로 자리를 떠 버려. 자신이 뭘 할 수 있을까, 뭘 하고 싶은가 생각한 것만으로도 충분히 훌륭하잖아."

상냥한 목소리였다. 타이르거나 훈계하는 것도 꾸짖는 것도 아니고, 마치 어린아이에게 말을 거는 것 같았다.

"게다가, 스스로는 알아차리지 못하고 있지만, 너는 제대로 행동을 취할 줄 알아. 그게, 그렇잖아? 내가 도서관에 있을 때, 학원에 숨어들어오면서까지 날 데리러 와 준 건 누구였지? 넌 버려진 고양이를 구해주러 왔어."

리나리아는 농담조로 그렇게 말하며 웃어보였다.

그 말이 내 마음을 얼마나 따뜻하게 감싸주었는지, 분명히 그녀는 알아차리지 못하리라.

"……그렇구나. 그때의 버려진 고양이도 훌륭하고 잘 크고 있는 모양이네."

"그리고 지금은 가게 일도 돕고, 주인의 머리카락까지 잘라주고 있지. 유능한 고양이였네."

나는 미소가 배어나오는 것을 억누를 수 없었다. 그녀는 남을 돌봐 주는데 천부적인 재능을 갖고 있는 것이 분명했다. 그리고 그것은, 남이 줄곧 응어리로서 끌어안고 있던 것을 눈 깜짝할 사이에 풀어주는 재능이기도 했다.

리나리아는 내 얼굴에서 손을 떼고 빗으로 앞 머리카락을 정리했다.

"가게 일도 아무도 네게 강요하거나 하지 않을 거야. 네 가게잖아. 자신이 어떻게 하고 싶은지를 생각하면 될 거야."

"정말, 간단하게 말하는걸."

리나리아가 가볍게 말하는 것을 듣자 나까지 그렇게 생각되기 시작했으니, 참 신기한 일이었다.

"그야, 그렇지. 다른 사람의 고민인걸."

"맞는 말이야."

우리는 둘이서 얼굴을 마주보며 웃었다.

자신이 어떻게 하고 싶은가.

나는, 어떻게 하고 싶은 걸까?

그런 간단한 일을 지금까지 생각조차 하지 않았다. 내가 어떻게 하고 싶은지, 그것을 생각하는 것이 가장 간단하고, 가장 중요한 일이었다.

"앞으로도 가끔 이렇게 상의를 해도 될까?"

그 말은 상상했던 것보다 훨씬 쉽게 나왔다.

리나리아는 손을 멈추고 내 머리를 톡톡 두드렸다.

"물론이지. 자, 다 됐어."

목에 두른 천이 걷히고, 나는 자유를 되찾았다. 나는 곧바로 머리에 손을 뻗었다. 그러자 산뜻한 감촉이 되돌아왔다.

"응. 느낌이 좋네."

"당연하지."

리나리아가 흐흥 하고 코웃음을 치며 가슴을 폈다. 그런 그녀를 돌아보며 나는 말했다.

"원장 선생님이 오늘 밤에 오신다고 했는데, 어쩔래?"

리나리아는 허리에 손을 얹은 채, 온화하게 눈썹 끝을 떨어뜨렸다.

"방금 전에 그렇게 잘난 척 말했는걸. 싫다고는 못하지."

다만. 그녀는 그렇게 말을 이었다.

"같이, 얘기를 들어줄래?"

물론이지. 나는 고개를 끄덕였다.

밤이 되어, 나와 리나리아는 테이블 석에 나란히 앉아 있었다. 리나리아는 조금 전부터 불안하게 안절부절 몸을 움직이고 있었다. 이러다간 종국에 자리에서 일어나서 가게 안을 돌아다니는 것이 아닐까. 그런 생각이 들 무렵, 겨우 원장 선생님이 왔다.

"늦어서 미안하구나."

"너무 늦었잖아요."

리나리아의 가시 돋친 말에 원장 선생님은 쓴웃음을 지었다. 원장 선생님은 머리에 손을 대고 「이야. 인파가 엄청나서 말이지」 하고 말했다. 그 허풍스러운 동작은 어딘가 꾸며낸 것처럼 보였다. 기부금 모금이 잘 안 된 것일지도 몰랐다.

원장 선생님은 우리의 맞은편 자리에 앉아서 나와 리나리아를 보았다.

"……다시 말하지만, 요전번에는 미안했다, 리나리아. 갑자기 찾아와서는 얼굴을 보자마자 널 괴롭게 하는 이야기를 꺼내고 말았구나."

리나리아는 고개를 저었다.

"아뇨, 괜찮아요."

"만약 네 마음이 아직 정리되지 않았다면, 이 얘기는 다음 기회에 하마."

원장 선생님이 마음을 쓰듯이 리나리아에게 말을 했다.

리나리아는 등을 곧게 펴고 원장 선생님을 똑바로 마주 바라보았다. 자신에게 고통스러운 결과가 될지도 모르는 이야기를 앞에 두고, 기가 죽는 일 없는 그 강인한 눈빛이 내게는 정말이지 눈부셨다.

"……괜찮아요. 들려주세요. 저희 부모님에 대해서요."

잠시 침묵이 이어졌다.

원장 선생님은 입가를 누그러뜨렸다.

"너도, 많이 컸구나. 잠시 못 본 사이에 완전히 다 큰 것 같아. 정말로, 피리아리아 씨를 많이 닮았어."

그것이 누구인지는 굳이 묻지 않아도 알 수 있었다.

"리나리아. 네 어머니도 의료마술사였단다."

리나리아는 꾸벅 고개를 끄덕였다.

"어렴풋이 기억하고 있어요. 제가 다쳤을 때, 언제나 치료해주셨죠."

"의료마술사가 희소한 이유를 아니? 재능 있는 마술사가 공부를 해도 반드시 될 수 있는 것이 아니라는 그 이유를."

리나리아는 고개를 저었다. 나는 물론 알 리가 없는 내용이었다.

"치유마술은 매우 특별한 것이란다. 예로부터 누구나가 바라고 특별시하며 은닉해 왔던 기술이지. 당시의 권력자는 의료마술사를 자신의 밑에 두고 그 기술을 문외불출하기로 결정했단다. 먼 옛날, 치유마술을 기적이라 칭하며 흥하게 했던 것이, 내가 속해 있는 성당교회이지."

"문외불출이라니…… 하지만."

리나리아가 중얼거렸다. 그 말에 원장 선생님은 고개를 끄덕였다.

“그래. 다 옛날 얘기지. 지금은 의료마술사를 육성하는 공공기관도 있으니까. 하지만, 원래의 치유마술은 기술이 아니라 피로 사용하는 것이야. 그 피를 잇지 않은 자는 아무리 노력을 해도 강한 치유마술은 쓸 수가 없어.”

치유마술의 피. 그것은 유전적인 요소가 중요시된다는 것일까. 후천적으로 배워 익힐 수 있는 기술이 아니라, 그 재능을 갖고 있느냐 없느냐라는 이야기가 되는 것일지도 몰랐다.

“고위의 치유마술을 쓸 수 있는 존재쯤 되면 그 수는 매우 적어진다. 그건 순혈이라고 불리는 일족만 쓸 수 있다고 하기 때문이야. 그리고 그 일족이야말로 당시의 권력자들이 끊임없이 손에 넣고자 했던 존재이지— 네 어머니는 그 피를 이은 후계자였단다.”

이 이야기를 듣는 것만으로도 내게는 이 뒤, 경사스러운 전개가 펼쳐지리라고는 생각되지 않았다. 즉, 리나리아의 어머니는 권력자들의 목표가 되었다는 그런 전개가 될 터였다.

“하지만 네 어머니는, 뭐, 말괄량이라고 해야 할까, 자유분방하다고 해야 할까. 자유를 사랑하는 사람이어서 말이다. 「그런 것 따위 알게 뭐야, 이 바보」라고 내뱉고는 교회의 탑에서 재빨리 도망쳐버렸지.”

“이상하네. 얘기가 갑자기 가벼워졌는데……?”

나는 고개를 갸우뚱했다. 매우 심각한 이야기가 될 것 같은 예감에 침을 꿀떡 삼키고 있었는데.

내 옆에서는 리나리아가 관자놀이를 꾹꾹 누르고 있었다.

"……어머니에 대한 인상이 좀 많이 바뀔 것 같아요."

"옛날부터 네 어머니가 얽히면 어떤 일이든 웃긴 이야기가 돼 버렸지."

원장 선생님도 쓴웃음을 지었다.

"그 뒤, 피리아리아 씨는 온 나라를 여행하면서 병에 괴로워하는 사람들, 상처를 입은 사람들을 무상으로 치유해주며 다녔다. 그러다가 네 아버지를 만나서 네가 태어났지. 그 뒤로도 너희 가족은 셋이 함께 그대로 여행을 계속했단다. 그런데 그 무렵에는 피리아리아 씨의 명성이 너무 넓게 퍼져 있었어. 그녀의 치유의 힘은 평범한 사람들에게 성 에레미느를 연상시킬 정도였지."

성 에레미느라는 이름은 들은 기억에 있었다. 분명히 성탄제 때 모두가 축하했던 성인이었을 터였다.

"그 힘을 눈독들인 여러 귀족들이 어떻게 해서든 피리아리아 씨를 자기 사람으로 만들려고 했지. 하지만 그녀가 그 제안을 받아들이지 않을 것이라는 사실을 알게 되자, 이번에는 널 노리기 시작했단다."

원장 선생님은 리나리아를 똑바로 바라보았다.

"저를요……?"

"방금 말한 것처럼, 뛰어난 치유마술은 정통핏줄을 이어받은 자만이 쓸 수 있다. 그들은 네가 이어받은 피리아리아 씨의 피를 노린 거야."

리나리아는 자신의 손바닥으로 시선을 떨어뜨렸다. 그것에 흐르는 피를 확인하는 것처럼. 혹은 그 건너편에 펼쳐지는 무언가를 보려는 것처럼.

"넌 아직 어렸고, 추적자는 끊이지 않았지. 그래서 너희 부모님은 결국 결단을 했단다. 친분이 깊었던 우리 아버지에게 널 맡긴 거지. 우리 아버지는 교회에서 나름대로 높은 위치에 계셔서 말이다…… 뭐, 여러모로 손을 써서 널 비호했단다."

원장 선생님은 자세한 이야기는 하지 않았다. 분명히 우리 같은 어린애에게는 말하기 힘든, 어른들의 사정이 있던 것이리라.

"……그럼 저는."

리나리아가 얼굴을 들었다. 원장 선생님은 그녀에게 확실하게 고개를 끄덕여 보였다.

"버려진 게 아니야. 네 부모님은 어쩔 수 없이 널 떼어놓은 거다. 네 피를 원하는 사람들에게서 널 지키기 위해. 권력자들이 바라는 치유마술이라는 존재에서 벗어나, 네게 자유를 주기 위해서."

리나리아는 입술을 깨물며 주먹을 꽉 쥐었다.

"줄곧 잠자코 있어서 미안했다. 지금까지 괴로웠지? 자신의 부모님에 대해 아무 얘기도 듣지 못하고, 자신은 버려졌다고 생각하며 사는 건 외로웠을 거다. 정말로, 미안하다."

원장 선생님은 테이블에 두 손을 짚고 이마가 닿을 것 같을 정도로 고개를 숙였다.

"그, 그만두세요! 괜찮아요. 그, 사정은 이해했으니까요."

그래도 원장 선생님은 잠시 동안 그 자세를 그대로 있었다. 그러다가 이윽고 천천히 얼굴을 들었다.

"……네가 열일곱 살이 될 때까지 자세한 이야기는 하지 않기로 네 어머니와 약속했단다."

과연. 리나리아는 얼마 전에 생일을 맞이한 참이었다.

"하지만, 왜 열일곱 살이죠?"

내가 옆에서 그렇게 물었다. 그러자 원장 선생님은 미소를 지었다.

"피리아리아 씨가 교회를 뛰쳐나간 게 그 나이였기 때문이 아닐까."

"……지금 제 나이에 그랬다는 건가요?"

리나리아의 어머니는 꽤나 엉뚱한 사람이었는지도 몰랐다.

리나리아는 지금 들은 이야기를 납득하려는 것처럼 잠시 눈을 감았다. 그런 뒤, 길게 숨을 들이쉬며 눈을 뜨고 몸을 앞으로 내밀었다.

공기가 다시 팽팽하게 긴장되는 것을 알 수 있었다. 그녀는 지금까지 줄곧 가슴에 간직하고 있던, 정말로 묻고 싶었던 일을 입 밖으로 꺼냈다.

"그래서…… 부모님은 지금, 어디 계시나요?"

원장 선생님 역시 진지한 얼굴로 대답했다.

"널 맡긴 뒤 교회로 돌아갔다고 들었다. 하지만, 지금도 그런지는 알지 못해. 아버지는 이미 돌아가셨고, 나도 교회의 중추에서는 멀어졌으니까. 게다가, 그렇지 않아도 의료마술사의 정보는 감춰져 있으니까 말이다."

리나리아는 낙담한 것처럼 몸을 뒤로 뺐다.

"그런, 가요."

작은 중얼거림이었다. 하지만, 나는 그 안에 담긴 감정을 읽어낼 수 있었다. 아아, 그런가. 나는 생각했다. 그렇겠지. 리나리아는 그런 아이였다.

"그렇다면."

리나리아가 그렇게 말했다.

언제의 일이었던가. 나는 뇌우에 감싸인 이 가게에서 그녀와 나눈 꿈 이야기를 떠올렸다.

"저도, 의료마술사가 되겠어요, 반드시."

그 날, 리나리아는 울 것 같은 얼굴을 하고 있었다. 미아가 되어 돌아갈 길을 알지 못하는, 마치 이 세계에 막 왔을 때의 나 같은 얼굴을 하고 있었다.

"그러면, 부모님에 대해서도 알 수 있겠죠?"

나는 리나리아의 옆얼굴을 쳐다보았다. 굳은 결의라는 빛을 거둬들여, 깊고 눈부시게 빛나는 그 눈을 나는 그저 바라보기만 했다.

보이지 않는 다리였다.

설령 보이지 않아도, 그곳에 있다고 믿고 그녀는 나아갈 것이다. 리나리아는 그럴 수 있는 사람이었다.

그리고 지금, 그녀는 첫 발을 내디뎠다. 자신의 부모님을 찾는다는 분명한 꿈을 목표로 삼아서.

치유마술이라는, 귀족이나 권력자들이 입맛을 다실 것 같은 세계의 존재를 알고서도 그래도 그녀는 강한 의지로 그것에 맞설 것이다.

나는 그 뒷모습을 보고 있었다. 내 눈앞에도, 보이지 않는 다리가 있었다. 나는 그곳에 발을 내디딜 수 있을까.

# 제3막「한쪽에서는 시원한 바람이 불고 있노라[#5]」

## 1

원장 선생님에게 리나리아의 부모님에 대해 이야기를 들은 그 다음 날의 일이었다.

가게는 물론 대번창— 하지 않았다, 한창 폐점 중이었다. 왜냐하면, 아이나와 토토가 저택으로 돌아가게 되었기 때문이었다. 나는 갑작스러운 이야기에 놀랐지만, 아무래도 전부터 계속 부름을 받고 있었다는 것 같았다.

"우우…… 결국 아버님이 별택으로 직접 행차하신 것 같아서…… 역시나 도망칠 수는 없어요."

아이나는 어깨를 축 늘어뜨리고 있었다. 온몸으로 원통하다는 감정을 표현하고 있었다.

"이렇게 바쁠 때에 갑자기 빠져서 정말 면목이 없어요……."

"신경 쓰지 않아도 돼. 오히려 지금까지 도와줘서 정말 고마워."

그것이 나의 진실한 마음이었다. 감사는 할지언정 비난을

---

#5 한쪽에서는 시원한 바람이 불고 있노라(かたへ涼しき風や吹くらむ) 고금와카집 168번. 여름과 가을이 교차하는 하늘의 길 한쪽에서는 다가오는 가을의 시원한 바람이 분다(夏と秋と 行きかふ空の かよひぢは かたへ涼しき 風や吹くらむ)의 한 소절.

할 이유 따위 없었다. 아이나와 토토가 있어주었기 때문에 가게는 번창할 수 있었고, 그렇게 바쁜 매일을 이겨낼 수 있던 것이다.

나는 미리 준비해두었던 작은 주머니를 아이나에게 내밀었다.

"자."

"뭔가요?"

작은 주머니를 보고, 아이나가 내게 물었다.

"지금까지 일한 급여야. 고생 많았습니다."

나는 삼가 정중하게 그렇게 말했다. 그러자 아이나는 눈을 반짝거렸다.

"어머! 이렇게 돈을 받는 거, 저, 처음이에요. 받아도 괜찮은 건가요?"

"아이나가 열심히 한 결과니까, 물론이지."

"그럼. 사양 않고 받겠어요."

아이나는 주머니를 두 손으로 받아들더니, 내용물을 확인하지도 않고 생글생글 웃는 얼굴로 손안의 그곳을 바라보았다. 자신이 일해서 번 것이라는 사실에 감회가 깊은 것이리라.

아이나의 그 모습을 온화하게 지켜보는 토토를 향해서도 나는 또 하나의 작은 주머니를 내밀었다.

"자, 이건 토토의 몫. 고생 많았어. 고마웠어."

"……제게, 주시는 건가요?"

토토가 고개를 갸우뚱했다.

"그게, 토토도 일을 했잖아?"

"하지만 저는 메이드이므로."

"그래. 지난 일주일은 우리 가게의 메이드였지. 그러니까 내가 돈을 건네는 것도 당연하잖아? 가게 주인이니까."

나는 득의양양한 얼굴로 그렇게 말했다. 그러자 토토는 어안이 벙벙한 얼굴을 했다.

처음에는 무표정하다고 생각되던 토토도 같이 일을 하는 사이, 꽤나 다양한 얼굴을 보여주게 되었다.

그리고, 바로 지금 막 떠올린 그 표정은 나로서는 처음 보는 미소다운 미소였다.

"그렇다면, 호의를 받아들이겠습니다."

토토는 작은 주머니를 받아들고는 꾸벅 고개를 숙였다.

"크게 신세를 졌습니다. 아가씨에게도 제게도 즐거운 경험이었습니다."

"아냐아냐. 이쪽이야말로 정말 신세를 많이 졌어."

나도 마주 고개를 숙였다.

그런 뒤, 작은 주머니를 꽉꽉 누르면서 감촉을 확인하고 있는 아이나를 돌아보았다.

"저기, 아이나. 한 가지 부탁하고 싶은 일이 있는데."

# 2

어젯밤. 나는 어두운 방안에서, 침대에 누워 잠도 자지 않고 천장을 올려다보며 생각에 잠겨 있었다.

나는 어떻게 하고 싶은 것일까, 하고.

돌이켜 보면, 그런 일을 진지하게 생각해 본 적이 없었다.

나는 이 세계 사람이 아니었다. 다른 세계에서 왔다. 다른 세계다. 스스로 말해놓고도 웃음이 나올 지경이었다. 그런 이야기를 다른 사람에게 해도 「재미있는 농담이네」라고 말할 것은 불 보 듯 뻔했다.

이 카페는 그런 낯선 세계에서 나 자신을 지키고 계속 틀어박혀 있기 위해 만든 것이었다. 내가 잘 아는, 나고 자란 카페를 재현하고 마스터의 흉내를 내기 시작하면서 그렇게 만들어낸 나만의 세계였다.

그것은 어느샌가 내 손을 떠나 있었다.

많은 손님들이 거쳐 가는 가운데, 이곳을 마음에 들어 해서 자주 찾아와 주는 사람들도 생기면서 이곳은 어느새 나만의 장소가 아니게 되었다. 내가 아닌 누군가에게도 이곳은 소중한 장소가 되어 있었다.

가희가 이 도시를 방문한다는 환경의 변화로, 이 가게는 이전보다 훨씬 번창하게 되었다. 정말로 수많은 사람들이 찾아와서 매일 정신없이 바빴다.

그런 상황에서, 나는 어떻게 하고 싶은 것일까.

「어떻게 해야 하는 것일까」가 아니었다. 그런 강제된 선택이 아니라, 복잡한 일은 모두 빼고 「나 자신이 어떻게 하고 싶은가」 였다.

답은 나오지 않고, 잠도 오지 않아서 나는 심야에 일어나 카운터 안에 섰다.

지금까지 줄곧 그래왔듯이, 그곳에서 가게 안을 둘러보았다.

아무도 없는 가게 안에서 그래도 나는 고뇌했다. 그러다가 문득 선반에 장식해 둔 한 장의 금화에 시선을 주었다. 상처투성이의 이국의 금화는 어떤 아저씨에게서 맡아놓은 것이었다. 그 사람은 내기를 하자면서, 그 금화를 튕기곤 했다.

나는 생각했다. 고민해도 답이 나오지 않는다면, 금화에 걸어보는 것도 좋지 않을까, 라고.

나는 손가락 위에 금화를 올려놓고, 튕겼다.

"……그래서 어떻게 됐나요?

거기까지 이야기했을 때, 몰트상회의 모르모르가 콧수염을 매만지면서 물어보았다.

"너는 코인의 앞뒤로 결정했다는 거냐."

어처구니없다는 기색으로 코르레오네 씨가 말했다.

"그것 역시 신의 생각에 기댄다는 행위이긴 하지만 말이지……."

원장 선생님이 쓴웃음을 지었다.

우리는 카페 안쪽에 있는 테이블석 하나에 둘러앉아 있었다.

아이나에게 부탁해 모르모르와 코르레오네 씨를 가게로 불러달라고 했던 것이다. 원장 선생님은 도시를 떠나기 전에 인사차 들린 것을, 얼씨구나 싶어서 붙잡았다. 그 완벽한 타이밍이야말로 내게는 신의 뜻이라는 생각이 들었다.

나는 그 자리에 모인 세 사람의 시선을 받아내며, 이야기를 계속 해나가기 위해 자세를 바로 했다.

"모르모르 씨도 코르레오네 씨도 제게는 과분한 제안을 해 주신 점, 다시금 정말 감사하게 생각합니다."

나는 머리를 숙였다.

"최근에는 정말로 가게도 성황이고, 손님들도 많이 와 주셔서 매일이 그야말로 꿈만 같았습니다. 죽을 만큼 피곤하긴 했지만요."

"역시 메이드 덕분이었겠지요. 메이드 카페란 정말로 근사한 것입니다. 아니, 사실 저는 전부터 메이드에게 동경을 품고 있어서 말입니다…… 실로 근사합니다."

어라?

이 사람. 사업이라기보다는 자기도 메이드 카페를 하고 싶었던 것뿐이었던 것 아닐까.

"어이쿠, 실례했습니다."

내가 저도 모르게 의심의 눈길을 보내자, 모르모르는 부끄럽다는 듯이 머리를 쓰다듬고는 손바닥을 내게 향하며 뒷

말을 재촉했다.

가능하다면 그 발언의 진위를 확실히 하고 싶었다. 하지만, 지금은 그럴 때가 아니다. 나는 기분을 새로이 다잡고 어흠 하고 헛기침을 했다.

“저는 제안을 받아들이기로 했습니다.”

“……음.”

코르레오네 씨의 입이 움찔움찔 움직였다.

“어느 쪽의 제안을 받아들일 생각인 것이냐.”

나를 물끄러미 쳐다보는 그 모습은 어디까지나 사랑스러운 토끼였다. 하지만, 뒷덜미가 찌릿찌릿하는 것 같은 그 압박감은 역시 보통 인물이 아니었다, 겨드랑이에 진땀이 날 정도였다. 나는 엉덩이를 뒤로 살짝 빼면서 대답했다.

“그건.”

“그건?”

“양쪽 다입니다.”

정적이 그 자리를 지배했다.

모르모르와 코르레오네 씨는 입을 다물고 내 기색을 살피고 있었다. 말의 진위를 가늠해보는 것 같았다.

원장 선생님은 우리의 얼굴을 번갈아 보고는 긁적긁적 뺨을 긁었다, 자신이 있을 곳이 아니라고 생각하는지도 몰랐다.

나는 주도권을 빼앗기지 않도록 주의하면서 말을 이었다.

“우선, 모르모르 씨.”

"네."

나는 모르모르 씨와 시선을 맞추었다. 가느다란 눈 안에서 번뜩이는 강한 눈초리가 나를 똑바로 포착했다.

"메이드가 접객한다는 아이디어의 권리를 당신에게 팔겠습니다."

"……호오?

"모르모르 씨는 일부러 제게 제안을 해 오셨죠. 마음대로 따라 해도 상관없었을 텐데. 당신은 아이디어에는 가치가 있고, 그것을 지키는 것을 신조로 삼아 장사를 한다고 하셨습니다."

"분명히 그랬지요."

모르모르가 고개를 끄덕였다.

"그러니까, 저는 이 아이디어를 정식으로 당신에게 양도하겠습니다. 계약서든 뭐든 만들어도 괜찮습니다. 저는 앞으로 일절 메이드를 이용한 접객은 하지 않을 겁니다."

"흠…… 가령 그렇게 계약을 한다고 했을 경우, 대가는 어쩌실 겁니까?"

입매는 웃고 있었지만, 모르모르의 눈은 내 생각 깊은 곳을 살피는 것처럼 진지했다. 그것은 눈을 뜨고 있어도 코를 베어갈 혹독한 장사의 세계에서 살아가는 프로로서의 표정이었다.

몸이 부르르 떨렸다. 그것을 견디고자 나는 테이블 밑에서 강하게 주먹을 쥐었다.

나는 아마추어에 불과했다. 흥정이 본업인, 그것도 실력이 뛰어난 장사꾼과 거래를 하려고 해도 그것은 귀여운 수준밖에 되지 않으리라는 것을 잘 알았다. 그래도 무릎을 꿇지 않고 간신히 버티고 서서, 나는 고개를 저었다.

"그건 나중에 얘기하겠습니다."

"……알았습니다."

나는 한숨을 쉬고는, 이번에는 코르레오네 씨에게로 얼굴을 향했다.

"코르레오네 씨는 제 가게를 사들이고 싶다고 말해주셨죠. 얼마라도 상관없다고. 그 뜻은, 지금도 변함이 없으신가요?"

"그래. 예전처럼 평온하게 지낼 수 있다면 나는 그걸로 만족이다."

"그렇다면, 그렇게 되도록 노력하겠습니다."

코르레오니 씨가 모자의 챙을 느긋하게 매만졌다.

"어쩌려는 거냐?"

"관광객 받는 것을 줄일 생각입니다. 줄인다고 할까, 오지 못하게 한다고 할까."

"……호오? 또 뭔가를 계획한 모양이구나, 너는."

코르레오네 씨가 유쾌한 것 같은 음성으로 말했다. 그 함축적인 말투가 모르모르의 관심을 끈 모양이었다.

"또, 라고요? 여기 계신 유우 씨는 전에도 뭔가를 계획하신 적이 있다는 말이신가요?

"그래. 이 아이는 이전 내 저택에 뛰어든 적이 있어서 말이네."

"그럴 수가! 그 코르레오네 저택에 말인가요?!"

모르모르는 눈을 크게 뜨고 나를 쳐다보았다. 이 얼마나 겁 모르는 바보인가라고 말하고 싶은 것 같은 얼굴이었다.

"그러고는 무슨 얘기를 하나 싶었더니, 여자의 생일을 축하해주고 싶으니 식재료를 팔아주었으면 좋겠다고 말하면서 말이지, 품질이 좋은 선셋그레이를 내밀었다네."

"하아아. 그것 참 굉장하군요."

"지금까지 내 저택을 방문한 녀석들 중에 가장 유쾌한 인간이었네."

코르레오네 씨는 정말로 유쾌하다는 듯이 웃으면서 나를 보았다.

나는 머리를 끌어안고 쥐구멍에라도 숨고 싶은 기분이었다. 과거 자신의 언동이 다시 들춰지는 것만큼 창피한 일도 없었다.

"네가 그리 말한다면 너를 믿으마. 그래서, 나는 무엇을 대가로 지불하면 되는 것이냐?"

가능하다면 좀 더 동굴을 파고 숨어있고 싶었지만, 그럴 수는 없었다. 나는 창피함을 꿀꺽 삼키고는, 몇 번인가 심호흡을 한 뒤 배에 힘을 주었다.

"두 분은 돈보다 더 중요한 것을 빌려주셨으면 합니다."

"흐음."

모르모르로부터 경계를 하는 낌새가 느껴졌다.

"몰트상회여. 그렇게 경계하지 않아도 될 걸세."

코르레오네 씨가 말했다. 그러자 모르모르는 부끄럽다는 듯이 배를 두드렸다.

"어이쿠, 실례했습니다. 돈보다도 비싼 것을 요구받는 것은 곤란해서 말입니다. 저는 이래 봬도 작은 상회밖에 자산이 없는 몸이니까요. 예에."

"수수께끼로서는 꽤 재미있군. 누구나가 원하는 금전보다도 더 중요한 것이 무엇이냐?"

나는 두 사람의 얼굴을 번갈아 보고는 말했다.

"인맥입니다."

한 순간의 공백.

코르레오네 씨가 히죽 웃었다. 그러면서 모르모르의 팔을 두드렸다.

"그래서 내가 말했잖은가. 유쾌한 인간이라고."

"과연. 그렇게 나오셨습니까. 인맥! 분명히 저희 상회에서 판매한다면 도저히 가격을 붙일 수 없을 것 같군요."

"어떤 인맥을 원하는 거냐. 뭘 하려는 거지?"

너는 나를 좀 더 즐겁게 해 줄 거지? 그렇게 말하는 것 같은 얼굴로 코르레오네 씨가 나를 쳐다보았다. 그러나 그렇게 기대를 해도 곤란했다. 곤란했지만, 말하지 않을 수는 없었다.

"그게 말이죠……."

나는 거기서 비로소 옆에 앉은 원장 선생님을 가리켰다.

"실은 여기 계신 분이 고아원을 경영하고 계십니다. 하지만 최근에 기부금이 부족해서 고생하고 계시죠. 이대로라면 장래 유망한 아이들이 힘든 일을 겪게 될 겁니다."

갑자기 대화에 끌려 들어온 원장 선생님은 「어라?」 하고 당황한 얼굴을 했다.

"저 먼 곳에서부터 기부금을 모금하기 위해 오셨습니다만, 이럴 수가! 이 분은!"

나는 목소리를 높였다.

"귀족이나 높으신 분들과의 교섭이 엄청나게 서툴답니다."

"……과연."

코르레오네 씨가 고개를 끄덕였다.

"이야기는 알겠습니다."

모르모르 씨가 턱을 매만졌다.

어, 어라……? 벌써?

나는 맥이 빠져서 힘이 쭉 빠지고 말았다. 이제부터 본격적으로 부탁을 하려던 참이었는데.

원장 선생님은 여기저기에 시선을 주면서, 어떻게 해서든 이야기를 이해하려고 하고 있는 것 같았다.

"다시 말해 이런 말이 아니더냐. 사람이 착하기만 하고 교섭능력은 부족한 이 남자의 이야기를 듣고 고아원에 기부할 만한 부자를 소개해 달라고."

코르레오네 씨가 말했다.

"혹은, 음. 그렇군요. 기부를 하는 것으로 자선가라고 내보이고 싶은 귀족이라도 괜찮겠지요."

"그런 녀석들과 교섭을 못 하니까 곤란해 하고 있는 것일 테지."

"물론, 그 부분은 제가 대신 교섭에 나서기로 하지요. 당 상회를 통해 기부를 한다는 형태가 된다면, 몰트 상회로서도 평판이 좋아진다는 이점이 있을 테니까요."

"믿음직스럽군."

"칭찬의 말씀, 고맙습니다."

두 사람의 대화는 시원시원하게 이어져서 내가 끼어들 틈이 없었다. 코르레오네 씨와 모르모르는 나와 원장 선생님을 내버려두고 둘이서 눈 깜짝할 사이에 이야기를 정리해 버렸다.

"저기, 죄송한데요."

나는 한 손을 들어 나 자신의 존재를 주장했다. 그러자 그제야 두 사람은 대화를 멈추었다.

"얘기가 제멋대로 진행이 돼서 따라갈 수가 없는데…… 제 제안을 받아들여주시겠다는 건가요?"

코르레오네 씨와 모르모르는 서로의 얼굴을 한 번 마주보더니, 곧 나를 쳐다보며 고개를 끄덕였다.

"때로는 자선사업도 해야지. 게다가 이 가게가 다시 차분하게 지낼 수 있는 장소로 돌아온다면, 나는 아무 불만도 없다."

코르레오네 씨가 말했다.

모르모르도 고개를 끄덕였다.

"더 좋은 세상을 만드는 것이 저희 상회의 역할이니까요. 게다가 멋진 아이디어를 받는 이상, 그에 상응하는 대가를 지불해야만 하지요."

두 사람은 완전히 호의적으로 이 일을 받아들여주는 것 같았다.

나는 깊게 한숨을 쉬고는 등받이에 몸을 기댔다.

밤새도록 다양한 패턴을 생각했다. 거절당하면 어떻게 하나. 어떤 식으로 설득해야 할까. 그런 것을 몇 개나, 몇 개씩이나 생각해 뒀는데, 결론은 생각도 못해봤을 정도로 선선히, 그것도 이상적인 형태로 나고 말았다.

긴장의 끈이 끊어지고, 어깨에서 훅 하고 힘이 빠졌다. 지쳤다…….

"꽤 괜찮게 교섭을 끌고나갔다만 마무리가 어설프다, 유우."

"아뇨아뇨. 저희의 제안을 기초로 타인에의 기부금이라는 결론을 끌어내다니, 근사하지 않습니까. 마음이 경건해지는 것 같습니다."

“그건…… 흠. 분명히 그렇긴 하군. 어느 쪽을 선택하든 거금이 손에 들어왔을 텐데.”

히죽거리는 코르레오네 씨에게 나는 두 손을 들고 항복했다.

“저희 가게에는 이제 메이드 복을 입어줄 아이가 없으니까요. 게다가, 저도 하고 싶은 일을 찾았습니다.”

“호오. 그것도 흥미가 당기는군요.”

한층 더 추궁을 당할 것 같은 분위기 속에서 누군가가 내 어깨를 쿡쿡 찔렀다. 원장 선생님이 당황한 얼굴 그대로 나를 보고 있었다.

“어, 음. 유우 군. 그러니까, 이게 대체 무슨 일이야?”

## 3

다음 날. 나는 리나리아에게 부탁해 어떤 벽보를 써달라고 했다. 그 종이야말로 내가 도달한 「하고 싶은 일」이었다.

“……정말로 그런 일을 하려는 거야?”

내가 적어줬으면 하는 말을 전달하자, 리나리아는 펜을 뱅글뱅글 돌리면서 미심쩍다는 듯이 나를 쳐다보았다.

“응. 좋은 생각이지?”

“좋은 생각이라고 할까, 무모하다고 할까. ……뭐, 너답다고 한다면 너답네.”

“그건 칭찬하는 걸까, 아니면 깎아내리는 걸까?”

"양쪽 다야."

아무렇지도 않게 그렇게 말하고는, 리나리아는 종이에 문자를 적어갔다. 그렇게까지 딱 잘라 말해주니 차라리 상쾌할 정도였다.

리나리아가 써 준 것은 불과 몇 줄의 문자가 나열된 한 장의 종이였다. 이 몇 줄에 도착하기까지 꽤나 멀리 돌아온 것 같은 기분이 들었다.

나는 그 종이를 갖고 가게 밖으로 나왔다.

오늘도 여름햇살이 눈부셨다. 하늘은 활짝 개서 길을 걷는 것만으로도 기분이 밝아졌다. 이렇게 날씨가 좋은 것이다. 이런 날에는 손님들의 지갑도 쉽게 열렸다. 우리에게는 그야말로 장사하기 딱 좋은 날이라는 것이리라.

여름 하늘을 등지고 내가 문에 벽보를 종이고 있자, 옆에서 활기찬 목소리가 말을 걸어왔다.

"저기, 잠깐만. 벌써 가게 문 열었니? 여기지? 메이드가 접객해 준다는 가게가!"

커다란 보석이 붙은 목걸이를 목에 건 고상한 느낌의 아주머니였다. 그 뒤에도 세 사람 정도 부유한 복장을 한 여성들이 줄지어 서있었다. 이 사람들도 어딘가의 도시에서 온 관광객이 틀림없었다.

나는 영업용 미소를 지으며 머리를 숙였다.

"죄송합니다만, 실은 이제 메이드는 없습니다. 대신 조만간 몰트상회 쪽에서 새로이 영업을 시작할 거라고 생각합니다."

아주머니들은 얼굴을 마주보며 「어머나」 하고 말했다.

"메이드, 없어진 거니? 아쉬워라. 하지만 이대로 돌아가는 것도 그러니까, 음식과 차만이라도 먹을 수 있을까?"

그것은 매우 고마운 말이었다. 하지만 그렇다고 자, 그럼 들어가시죠, 하고 안으로 안내할 수는 없는 노릇이었다.

"실은 그것도 그럴 수가 없게 되었답니다."

"어머. 왜?"

아주머니는 고개를 모로 꼬았다.

나는 몸을 미끄러뜨려 지금 막 붙인 벽보를 내보였다. 아주머니는 얼굴을 가까이 갖다 대고 종이에 쓰인 글자를 소리 내어 읽었다.

"당점은 당분간 심야영업을 합니다……?"

나는 미소를 지으며 고개를 끄덕였다.

그렇다고는 해도, 그렇게 결정했다고 곧바로 심야영업을 시작할 수는 없었다.

아무리 내가 원래부터 아침형 인간이 아니라고 해도, 하루아침에 밤 시간에 완벽하게 움직일 수 있는 것은 아닌 것이다.

한 번 몸에 익은, 밤에는 빨리 자고, 아침에 빨리 일어난다는 습관은 매우 강고했다. 생활 습관을 바꿀 필요가 있었다.

게다가, 요 얼마간의 격무로 생각보다 피로가 많이 쌓여 있었다. 나는 며칠 정도 가게를 닫고 푹 자기로 했다. 심야 영업에 대비하기 위해서라는 훌륭한 명분 덕분에 실컷 늦잠을 잘 수 있었다.

가게를 닫은 동안, 모르모르와 코르레오네 씨, 그리고 원장 선생님에게 그 뒤의 자세한 이야기를 들을 수 있었다.

원장 선생님은 고아원으로 돌아가기로 했던 예정을 조금 연기했다는 것 같았다.

이 도시에서 만날 수 있는 유력자들을 소개받아 재빨리 교섭을 하러 간 것 같았다. 모르모르와 코르레오네 씨가 함께 따라가 준다고 하니, 그것만으로도 마음이 아주 든든했다.

모르모르는 벌써 메이드의 양성을 시작했다고 하고, 코르레오네 씨는 내가 가게를 다시 여는 것을 몸을 들썽거리며 기다리고 있었다.

각자에게 변화가 생겼다. 그 변화를 앞에 두고, 모두들 움직이고 있었다.

그리고 내 옆에도, 변화의 물결이 밀려와 있었다.

"일단 기숙사가 생활을 할 수 있는 상태가 되었으니까 내 일은 돌아갈 거야."

저녁 식사 시간을 앞두고, 나는 때마침 주방에서 식칼을 잡고 있었다.

리나리아의 그 말에 나는 손을 멈추고 리나리아를 쳐다보았다.

그리고 몇 번인가 숨을 들이쉬었다 내쉰 다음 천천히 고개를 끄덕였다. 리나리아가 짐을 갖고 우리 집에 묵으러 왔을 때부터, 이 날이 오리라는 것은 알고 있었다.

게다가 최근에 리나리아는 줄곧 학원에 다니고 있었다. 기숙사는 아직 다 고쳐지지 않았어도, 사고의 영향이 적었던 도서관에는 출입을 할 수 있는 것 같았다. 그녀는 또다시 도서관에 다니며 공부를 하고 있었다. 그 이유는 굳이 묻지 않아도 명백했다.

"내일인가. 그거, 쓸쓸해지겠네."

그것은 완전히 솔직한 내 마음이었다.

당혹스러운 일투성이였던 공동생활도, 정신을 차리고 보니 어느샌가 당연한 일이 되어 있었다. 돌아보면 짧은 시간이었을 터인데, 줄곧 같이 생활했던 것처럼 느껴졌다.

리나리아가 내 앞에서 자세를 바로하고 손을 허리 뒤에서 맞잡았다. 그리고 시선을 살짝 아래로 향한 채, 내게 말했다.

"저기, 신세를, 졌어. 가게를 돕기도 하고, 같이 밥을 먹기도 하고, 짧은 기간이었지만 즐거웠어. 고마워."

나는 울컥 하고 안에서 치밀어 오르는 것을 꾹 눌러 참았다.

그 기세는 스스로도 당황스러울 만큼 강해서, 왜인지 울고 싶어졌다. 나는 공기를 삼키듯이 해서 그것을 배 깊숙한 곳으로 밀어 넣고, 눈에 맺힌 눈물을 내보이지 않도록 시선을 손으로 떨어뜨렸다. 그리고, 다시 채소를 썰기 시작했다.

"고맙다는 인사를 해야 할 사람은 이쪽이야. 가게를 도와줘서 정말로 살았어. 미안해. 아르바이트 비를 많이 못 줘서."

리나리아와 아이나, 토토에게 아르바이트 비를 주고자 생각했을 때, 일단 길드에 가서 음식점 아르바이트의 시세 같은 것도 알아보긴 했는데.

그만큼 바쁘게 일을 시킨 것치고는 적었는지도 몰랐다. 좀 더 넣는 것이 좋았을까.

리나리아는 고개를 휙휙 저었다.

"넘칠 만큼 충분해. 게다가, 그, 내 숙박비라든가, 식비는."

"괜찮아. 제대로 다 제했으니까."

거짓말이지만.

"……그럼 다행이지만. 저기, 그, 소중히, 쓸게."

"리나리아가 번 돈이니까 나한테 그런 말 하지 않아도 돼."

그렇게, 나는 웃으면서 말했다. 그러자 리나리아도 마주 웃어 주었다.

"그건 그렇지만, 하지만, 왠지 말해야 할 것 같아서."

이런, 전혀 아무것도 아닌 대화가 내게는 무엇보다도 소중한 것으로 느껴졌다.

커다란 사건도 일어나지 않거니와, 모험도 하지 않았다. 나는 기껏 이세계에 날아왔는데, 주방에서 채소를 썰 뿐이었다.

하지만 언젠가 나이를 먹고 지금 이 순간을 그리워하는 날이 온다면, 기억나는 것은 분명히 이런 사사로운 날일 것이다.

창으로 쏟아져 들어오는 저녁놀의 빛.

밖을 걷는 사람들의 웅성거리는 소리.

물에 씻은 채소의 차가움과, 손을 적시는 물방울.

그리고, 내 곁에서 웃어주는 한 사람의 소녀.

인생 중에 분명히 이런 날도 있었다는 것을, 이 광경을, 그 감정을 나는 잊지 않을 것이다.

“저기, 나도 뭔가 도울게.”

“그럼, 이걸 테이블로 날라줄래?”

리나리아의 목소리에 나는 웃는 얼굴로 대답했다.

내가 완성된 요리를 접시에 옮겨 담자, 리나리아가 그것을 날라 갔다.

오늘 메뉴는 햄버그였다. 가게에서 파는 제대로 된 푹 찐 햄버그가 아니라 좀 더 간단하게, 굽기만 한 녀석이었다. 그것에 반숙의 달걀프라이와 찐 감자, 버터를 곁들였다. 테이블 중앙에 놓인 커다란 접시에는 샐러드를 담아 놓았고, 리나리아를 위해서는 바게트, 내 용으로는 흰 쌀밥을 준비해 두었다.

식사 준비를 마치자, 우리는 테이블에 마주앉아 음식을 앞에 두었다.

그것을 바라보며 나는 진지하게 생각했다. 아아. 정말로 평범한 저녁밥이구나.

"……뭔가 평소랑 똑같은걸. 빨리 얘기해 줬더라면 좀 더 분발해서 만들었을 텐데."

"평소와 똑같은 걸로 충분해. 우리답잖아. 게다가, 늘 맛있는걸."

작게 중얼거린 내 말에 리나리아는 밝게 말했다.

"그것도 그러네. 그래, 내 요리는 언제나 맛있어."

그렇게 장난을 치며 식사를 시작하니, 식탁에는 평상시와 다르지 않은 시간이 흘렀다.

얼마 전에는, 테이블에 아이나와 토토도 있었다. 네 사람이서 함께 하는 시끌벅적한 식사였다.

지금은 리나리아와 둘이 되어 가끔 대화를 나누는 정도였다.

그리고 내일부터는 또 혼자만의 식사로 되돌아간다.

가장 처음으로 돌아가는 것뿐이건만, 그 장면을 상상하자 왠지 조금 쓸쓸했다.

줄곧 그렇게 지내왔건만, 지금은 이미 어떤 식으로 혼자서 밥을 먹었는지 떠올리는 것이 어려웠다.

누군가와 함께 식탁을 둘러싸고 앉는다는 것은, 그만큼 내게는 근사한 시간이었던 것이다.

"그러고 보니까, 원장 선생님이 보고를 하러 와 주셨어. 기부해 주겠다는 사람을 찾았다면 기뻐하시더라."

"진짜? 그거 잘 됐네."

코르레오네 씨와 모르모르가 있는 것이다. 걱정은 하지 않았지만 이렇게 결과를 듣자, 역시 안심이 되었다.

"그런데 원장 선생님, 언제 오신 거야? 못 알아차렸네."

"점심때까지 자니까 그렇잖아. 노크했는데 안 일어났는걸."

그런 말을 듣자 나는 아무 반론도 할 수 없었다. 최근에는 낮 동안에는 푹 자고 있던 것이다.

그 민망함을 얼버무리듯이 나는 버터가 녹아든 뜨거운 감자를 잘라 부스러뜨렸다.

"있지. 원장 선생님 말인데."

리나리아가 말했다.

"혹시 원장 선생님한테 뭔가를 해 드렸어?"

나는 말없이 감자를 씹었다.

리나리아는 감이 날카로웠다. 금방 알아차리리라고 생각은 하고 있었다.

자. 내 비밀주의적인 성격 탓에 요전날에는 리나리아를 화나게 하고 말았다. 그 교훈을 살려서 사정을 이야기해야 하는 것일까, 라고 생각도 했지만, 역시 이번 일은 그냥 잠자코 있기로 했다.

왜인가.

물론, 폼을 잡고 싶었기 때문이었다. 나의 남자로서의 오기이자 소소한 고집이라는 것이었다.

"글쎄. 난 짐작 가는 데가 없는데."

나는 얼굴을 들지 않고 그렇게 대답하고는, 잘라낸 햄버그 조각을 입에 던져 넣었다. 그것을 씹자 육즙이 듬뿍 흘러나와서, 입안에 화상을 입을 것 같았다.

리나리아는 나를 물끄러미 쳐다보고 있는 것 같았다.

추궁당하려나. 그렇게도 생각했는데, 갑자기 분위기가 풀어졌다.

"그럼 됐어. 하지만, 고마워."

나는, 무슨 얘기인지 모르겠는데, 라는 표정으로 일관하며 식사를 계속했다.

리나리아는 내가 뭔가를 했다는 것을 아는 것이다. 그러면서도 자세한 사정은 추궁하지 않는 도량도 같이 갖고 있으니 당할 수가 없었다.

거기서 우리 사이에 약간의 침묵이 흘렀다.

"나 있지. 의료마술사가 될 거야."

바구니에서 꺼낸 바게트를 잘게 찢으면서 리나리아가 짐짓 밝은 목소리를 냈다.

나는 얼굴을 들었다. 리나리아는 손에 든 빵에 시선을 떨어뜨리고 있었지만, 그 눈은 어딘가 먼 곳을 보고 있는 것 같기도 했다.

"의료마술사가 되면, 부모님에 대해 알 수 있을지도 몰라. 그럼 다시 한 번 만날 수도 있을 거라고 생각하니까."

이전에 리나리아가 의료마술사가 되고 싶다고 말했을 때, 그것은 꿈의 이야기였다. 될 수 있을까. 될 수 있으면 좋겠다. 그런 모호함이 남아 있었다. 하지만, 지금은 그런 모호함은 어디에도 남아 있지 않았다.

리나리아는 「되고 싶다」가 아니라, 「될 것이다」라고 딱 잘라 말한 것이었다. 그것은 꿈이라는 아련한 것이 아니라, 나아가야 할 확고한 목표가 되었다는 증거였다.

그 날, 원장 선생님이 모든 것을 말해주었을 때부터 리나리아의 안에서 변화가 일어난 것이리라.

"의료마술사가 되기 위한 전문 학원이 있어."

리나리아가 얼굴을 들었다. 그 눈은 강하고 눈부시게 빛나며, 내 가슴을 크게 흔들어 놓았다. 나는 그것을 진정시키는데 꽤 고생을 해야 했다.

"그곳에 편입하기 위한 시험을 보려고 해. 엄청 어렵다고 들었지만, 해 내 보일 거야."

"……그렇구나. 그 학원은, 여기서 멀어?"

"응. 이 도시에서는, 엄청 멀어."

과연. 나는 고개를 끄덕였다.

자신이 생각했던 것만큼 동요하지 않았다는 사실에 나는 안심했다. 언젠가 이렇게 되리라는 것을 나는 어딘가에서 예상하고 있었기 때문이었다.

어떤 장소에 머무는 사람이 있는가 하면, 철새처럼 새로운 곳으로 날아오르는 사람도 있었다. 그것은 어느 쪽이 옳다거나 하는 것이 아니라, 삶의 방식의 문제였다.

리나리아는 날아오르는 인간이었다. 그러기 위한 힘도, 목적도, 의지도 있었다.

"……있지. 유우는."

그렇게 말하며 그녀는 나를 바라보았다.

"유우는, 어디에도 가지 않을 거지? 계속, 여기에, 이 가게에 있어줄 거지?"

그 말에 나는 바로 대답을 되돌려줄 수 없었다.

언젠가. 그렇게 생각하고 있었다. 언젠가 나는, 원래의 세계로 돌아갈 것이라고.

갑자기 이 세계에 오게 된 것이다. 그렇다면, 갑자기 돌아가는 일도 있을 수 있었다. 어쩌면 그것이야말로 내게는 꿈이었는지도 몰랐다.

자신이 나고 자란 장소로 돌아간다.

줄곧 그 일만을 마음의 지주로 삼아 이 세계에서 살고 있었다. 이 세계에 녹아드는 것을 거부하고 가게 밖으로 나가는 것을 거부하고, 사람의 마음조차 거부했다.

그것이, 지금은 어떤가.

나는 눈앞에 있는 여자아이와 만나 어느샌가 가게 밖을 돌아다니고 있었다. 찾아오는 손님들과 말을 주고받는 사이에 나 자신도 변해갔다. 나도 모르는 사이에, 나는 이 세계에서 살아가기 시작하고 있었다.

코르레오네 씨의 말이 떠올랐다.

변화는 받아들여야만 한다. 그리고 뭔가를 손에 넣는다는 것은 뭔가는 포기한다는 일이기도 하다.

나의 눈앞은 낭떠러지로, 그 밑에는 깊은 어둠이 펼쳐져 있었다. 그러나 그곳에는 보이지 않는 다리가 놓여 있었다.

되돌아가는 것은 불가능했다. 또, 나는 이미 충분히 오랜 시간 동안 그곳에서 웅크리고 있었다. 혼자서 울먹거리며 아무것도 하고 싶지 않아, 움직이고 싶지 않아, 라며 모든 것을 거절하고 있었다.

그리고 지금, 나는 한 발을 내디뎌야 했다. 앞을 바라보며, 과거를 떨쳐내고 뭔가를 손에 넣기 위해 변화를 선택해야만 하는 때가 온 것이었다.

나는 물로 입안을 충분히 적시고 리나리아를 쳐다보았다. 그녀도 여전히 나를 마주 바라보았다. 그 눈동자 깊숙한 곳에 말을 걸기 위해 나는 말을 자아나갔다.

"가게가 번창해서 솔직히 기뻤어. 모르모르가 동업을 제안했을 때에도 조금 당황하긴 했지만 그것도 기뻤고. 나를 인정해주는 사람이 있구나, 해서."

리나리아는 내 말을 있는 그대로 들어주었다.

"코르레오네 씨에게 가게를 옛날로 되돌려 주었으면 좋겠다는 말을 들었을 때에는 몸이 떨렸어. 지금까지 해 왔던 일을 그렇게까지 소중하게 생각해 주는 사람이 있구나, 라는 생각에 말이지."

고민을 한 것은 그 어느 쪽도 매력적으로 느껴졌기 때문이었다.

어느 쪽을 선택해도, 나라는 인간이 이 세계에서 살아가는 것을 인정받은 것 같은 기분이 들었다. 누군가가 나를 필요로 해주고 있다고, 우월감이 들기도 했다.

그 감정을 나는 인정하고 싶지 않았다. 그게, 나는 돌아가고 싶었을 터였다. 가게에 틀어박혀 있고 싶었을 터였다. 때문에 당혹스러웠다. 결정을 할 수가 없었다.

길을 잃고 헤매는 가운데, 내 앞길을 비춰준 것은 눈앞에 있는 여자아이의 말이었다.

그래서 나는 자신이 어떻게 하고 싶은가를, 처음으로 진지하게 생각했다.

"결국, 나는 어느 쪽도 다 받아들였어. 하지만 두 사람에게 제안 받은 대로가 아니라, 내 의지로 내가 하고 싶은 대로 하기로 했지."

"……새끼 고양이를 줍지 못했으니까?"

"그러네. 그 때에는 줍지 못했지. 하지만 지금은 할 수 있어."

나는 리나리아에게 웃어보였다. 그 말을 해버리면 이제는 돌이킬 수 없을 것 같다는 느낌이 들었다. 스스로 자신을 바꿔가는 일을, 인정해 버릴 것 같은 기분이 들었다.

뭔가를 포기하고 버린다는 일을 나 스스로 선택하는 것이었다. 분명, 갖고 있던 것을 포기하는 일은 무서웠다. 그것을 잃어버리면, 스스로에게서 얼마나 큰 것이 떨어져나갈지 상상조차 하기 어려웠다.

하지만 그것이, 그 공포를 극복하는 것이 지금의 내게는 필요한 일이라는 사실을 나는 깨달았다.

그러니까, 나는 용기를 갖고 이 말을 할 거야.

"나는, 여기서 계속 기다릴게. 이 장소에, 이 가게에 있을 거야. 그러니까 괴로워졌을 때에는, 날개를 쉬고 싶을 때에는 언제든지 돌아와. 이곳은…… 네가 돌아올 장소이니까."

리나리아는 눈을 크게 떴다. 그러고는 곧 얼굴을 와그작 일그러뜨렸다. 눈꼬리에서 흘러넘친 것이 뺨을 타고 흘러내렸다.

그 우는 얼굴이, 내게는 아름답게 느껴졌다.

리나리아는 코를 훌쩍이며 손으로 입을 가렸다.

"……그게, 네가 하고 싶은 일인 거야?"

그 울먹거리는 목소리에 나는 씩 웃어보였다.

"주운 새끼 고양이의 책임은 져야지."

"바보."

나는 줄곧 새처럼 날아오를 수 있는 사람을 동경하며 살아왔다. 새끼 고양이를 구하기 위해 아무것도 하지 못했던 그 날부터 줄곧 자신을 용서할 수 없었다.

하지만, 지금은 자신을 용서할 수 있을 것 같은 기분이 들었다.

지면에 서서 하늘로 날아오르는 새를 올려다보는 한 그루의 나무라고 해도, 그걸로 괜찮지 않을까 하는 생각이 들었다. 그 새가 지쳤을 때, 날개를 쉴 수 있는 가지를 뻗어주자. 대지를 달리는 말이 마음 편하게 쉴 수 있는 나무 그늘을 만들어줄 수 있도록 잎을 무성하게 키우자.

이 세계에서, 이 가게에서 그렇게 살아가는 일은, 분명히 나다운 인생이 되리라.

그것이, 지금의 나의 꿈이었으며, 목표였다.

# 에필로그

가게에서 밖으로 나오자, 주변은 완전히 한밤중이었다. 활기차던 낮과 비교하면 사람의 왕래도 훨씬 진정되어 있었다. 그래도 사람이 전혀 없는 것은 아니어서, 간결한 갑옷을 걸치고 무기를 짊어진 모험가들이 주점에 들어가는 것이 보였다.

심야의 거리를 볼 기회는 많지 않았다. 그러나 그곳에는, 내가 생각했던 것보다도 밤의 도시다운 특유의 활기가 있었다.

낮에 자주 보던 가게들은 불이 꺼져 있었지만 대신 주점이나 그런 곳이 가게 앞에 환하게 램프를 걸고 있었고, 여기저기에서 시끌벅적한 목소리도 들려왔다.

어른의 세계로구나, 하고 나는 고개를 끄덕였다. 밤의 가게에 합류하는 것은 나로서는 아직 빠른 것 같았지만, 신경 쓰지 말자.

나는 문 옆에 걸어둔 「준비 중」팻말을 뒤집어 「영업 중」으로 바꾸었다.

그런 뒤, 야간영업을 위해 새로 사 온 커다란 램프를 벽에 걸었다. 스위치를 켜자, 눈부실 정도의 따뜻한 빛이 가게 앞을 밝혔다.

나는 조금 물러나서 그 모습을 확인했다.

음. 내가 생각해도 분위기가 좋군. 심야의 카페라는 것도 실로 괜찮지 않은가.

그것에 한 차례 만족한 뒤, 나는 가게 안으로 돌아가 테이블이 더럽지는 않은지 확인하고 의자의 나열을 정리했다. 그런 다음, 카운터 안으로 들어가 늘 서던 자리에 섰다.

그리고 그대로 가게 안을 둘러보았다.

휑뎅그렁한 쓸쓸한 광경이었다. 손님은 아무도 없었다.

요 얼마동안, 손님이라고 한다면 줄곧 관광객들뿐이었다. 가게는 소란스러웠고, 늘 와주던 단골손님들은 발길을 멀리하게 되었다. 그 끝에 이제는 영업시간마저 심야로 변경했다.

지금까지처럼 관광객들은 오지 않으리라. 늘 와주던 단골들도, 오지 않을지도 몰랐다.

불안하긴 했다. 그것도 엄청나게 불안했다.

어쩌면, 손님이 한 사람도 오지 않을지도 몰랐다. 모르모르나 코르레오네 씨의 제안을 있는 그대로 얌전히 받아들였으면 좋았을 텐데. 그렇게 생각하게 될지도 몰랐다.

하지만, 나는 그 불안을 꾹 눌러 삼켰다.

처음에는 이랬던 것이다.

이 카페를 처음 시작했던 그 날, 손님은 한 명도 오지 않았다. 며칠이고 가게 안에 아무도 없는 나날이 이어졌다. 그래도, 나는 가게를 계속 했다. 그러니까, 또 그렇게 하면 됐다.

"출발점으로 돌아간다, 인가. 그럼 다시 한 번 힘내볼까."

나는 기합을 넣고 뺨을 두드렸다.

이럴 때, 이전의 나는 어떻게 하고 있었더라.

그래. 잔을 닦는 거다. 잔을 닦는 행위는 마음을 편안하게 해 주는 효과가 있었다. 좋아. 잔을 닦자.

나는 선반에서 잔을 꺼내 늘어놓고 하나씩 하나씩 정성스럽게 닦았다.

절반 정도 닦았을 무렵, 도어벨이 조용히 울렸다.

그 소리에 나는 문 쪽으로 얼굴을 향했다. 그러자 커다란 책을 양손으로 끌어안듯이 든 여성이 얼굴을 내보였다. 그 사람은, 언제나 창가 자리에서 책을 읽던 그 엘프 누님이었다.

"……영업하는 거야?"

누님이 속삭이듯이 물었다.

나는 웃는 얼굴로 고개를 끄덕였다.

"예. 영업하고 있습니다. 일등이시네요. 들어오세요."

나는 손으로 그녀를 재촉했다. 그러다가 퍼뜩 한 가지 사실을 떠올렸다.

"그러고 보니, 처음 카페를 시작했을 때 가장 먼저 가게를 찾아주었던 손님도 당신이었죠."

"……?"

개점하고 얼마 되지 않았을 무렵, 엘프 누님은 지금과 똑같이 두 손으로 책을 끌어안고 문 사이로 얼굴을 내밀었던 것이다. 그리고 그 뒤로 쭉 이 가게를 찾아주고 있었다.

그런데도 나는 아직 이 누님의 이름도 모른다는 사실을 알아차렸다.

"저기, 새삼스럽지만 이름을 여쭤도……."

거기까지 말했을 때, 또다시 도어벨이 울렸다. 그 벨소리에 내 목소리는 지워지고, 새로운 손님이 내점했다.

"여어, 마스터. 드디어 가게를 연 건가?"

아르벨 씨였다. 그리고 그 뒤를 따라 검은 옷으로 몸을 감싼 거구의 사내가 들어왔다.

"겨우 올 수 있었군. 유우, 빨리 커피를 내주지 않겠나. 한동안 커피를 마시지 못했더니, 아무래도 컨디션이 안 좋아서 말이지."

그 사람은 파르바 씨였다. 커피를 무척 좋아하는 용족 남성으로, 커피를 마시지 않으면 컨디션이 나빠진다고 할 정도의 커피광이었다.

"오랜만에 뵙네요. 금방 준비할게요."

"참나, 커피의 매력이 세상에 널리 알려지는 것도 곤란한 일이로군. 언제 와 봐도 사람이 득실거려서 전혀 들어올 수가 없었다."

파르바 씨가 자리에 앉아 뚱한 얼굴을 하며 팔짱을 끼었다. 그 옆에 아르벨 씨도 자리를 잡았다.

"정말 그 말 대로다. 관광객들이란 자들은 예의를 몰라서 곤란해. 내가 있을 곳이 없어져서 애를 먹었다."

"여기가 언제부터 네가 있을 곳이 된 거냐? 이곳은 내 영역이다."

"호. 그럼, 지복의 커피를 마시기 전에 어느 쪽이 위인지 확인해보도록 할까."

"그거 좋군. 너와는 결판을 내야 한다고 늘 생각하고 있던 참이다."

두 사람은 여느 때처럼 실로 시시한 일로 말싸움을 시작했다. 평소보다 성질이 급해진 것은, 어쩌면 커피를 섭취하지 못해 발생한 금단증상인지도 몰랐다.

두 사람의 그 모습이 반가우면서도 왜인지 기쁘기도 했다. 신기하게도 나 자신이 이 가게에 돌아왔구나 하는 기분이 들었다.

"저, 두 분. 그쯤하시죠."

나는 두 사람을 말리려고 했다. 그때, 또다시 도어벨이 울렸다.

크게 튀어나온 배를 흔들면서 들어온 것은 모르모르 씨였다. 그 뒤에는 원장 선생님이 있었고, 또 그 뒤를 코르레오네 씨가 따르고 있었다.

"이야. 안녕하신가요, 유우 씨. 심야영업을 시작하셨다고 들어서 얼른 와 봤습니다."

그렇게 말하며 모르모르가 배를 두드렸다.

"그러고 보니, 제대로 손님으로 와 본 적이 없다고 생각해서 말이지. 나도 실례하마."

이전보다 훨씬 산뜻한 얼굴로 원장 선생님이 말했다. 고민이 해결된 덕분일까. 젊고 생기에 넘쳐 보였다.

"……소란스럽군."

코르레오네 씨가 카운터 석에서 설전을 벌이고 있는 아르벨 씨와 파르바 씨를 보고 한숨을 내쉬었다.

"자자, 그것도 좋지 않습니까. 소란스러운 때가 있기에 평온함이 더욱 두드러져 보이는 거랍니다. 예."

모르모르는 경쾌하게 그렇게 말하고는 안쪽의 테이블 석으로 걸어갔다. 나머지 두 사람도 그 뒤를 따랐다. 아무래도 이 세 사람은 친교를 깊이한 모양이었다.

그 뒤로도 계속 손님들이 찾아왔다. 그 모두가 낯익은 얼굴들이었다. 늘 가게에 와 주던 단골손님들이었다.

"유우, 오랜만이야! 잠깐 안 오던 사이에 심야영업으로 바꿨다면서? 손님이 한 사람도 없으면 불쌍할 것 같아서 와 줬어!"

그렇게, 예전부터 친하게 지내던 누님이 와 줬나 했더니, 어디선가 「오. 오랜만이야!」 하는 목소리가 들려왔다. 단골손님들은 어느새가 서로 아는 사이가 되어 있어서, 오랜만의 해후에 같은 테이블를 둘러싸고 세상 이야기를 시작하거나 했다.

종업원은 나 혼자밖에 없었고, 메이드가 도와주는 일도 없었다.

커피는 조금씩밖에 끓일 수 없는데, 카운터 석에 앉은 2인조가 그 커피를 벌컥벌컥 들이켰다.

그러나 가게는 평온한 분위기로 가득 차 있었다. 재촉당하는 일도 없고, 서두르는 일도 없이 기다린다는 시간마저도 즐기는 것 같은, 그런 분위기였다.

혼자서 책을 읽는 사람이 있는가 하면, 소소한 대화를 즐기는 사람도 있었다. 그 광경을 보고 나는 내 판단이 틀리지 않았다고 진심으로 생각했다.

가게의 분위기를 흐트러뜨리지 않기 위해서일까, 모르모르가 조용한 발걸음으로 카운터 석으로 다가왔다.

"이곳은 참으로 신기한 가게로군요. 주점도 아니거니와 음식점도 아닙니다. 뭐라 말로는 표현할 수 없는데, 정말 마음이 편합니다……. 메이드가 없는 것은, 좀 아쉽습니다만."

나는 웃으며 고개를 끄덕였다.

"이게 제 가게입니다. 이 세계에 단 하나밖에 없는, 카페죠. 메이드는 양보하겠습니다."

"어허. 코르레오네 씨가 되찾고자 하셨던 마음이 드디어 이해가 됐습니다. 마음이 편안해지는 곳이란 것은 역시나 당 상회라도 취급하고 있지 않으니까 말입니다."

변화는 받아들여야만 했다.

분명히, 그랬다. 하지만 그것을 거부하는 장소가 있어도 괜찮으리라. 변하지 않는다는 것이, 때로는 누군가의 마음의 아픔을 누그러뜨리고, 그 날개를 쉴 수 있게 하는 장소가 되었다.

나는 이 세계에서 살아가는 일을 거부해왔다. 그렇게 만들어낸 장소는 어느샌가 이 세계의 변화를 받아들이지 않는 장소가 돼 있었다. 그랬기 때문에 이곳을 마음에 들어해주는 사람이 생겼다.

그리고 이번에는, 자신의 의지로 결단했다. 이 세계에서 살아갈 것을. 그러면서도 여전히 변화는 받아들이지 않겠다는 것을. 자신이 살아갈 방식을 정함으로써 이 가게가 존재하는 형태를 바꾸지 않는다는 길에 한 발을 내디뎠다.

이 가게를, 자신이 있을 곳이라고 생각해 주는 사람을 위해.

이 가게를, 자신이 돌아올 장소라고 생각해 주는 사람을 위해.

그리고, 자신의 꿈을 향해 날아오를 한 사람의 소녀를 위해.

나는 이 가게를 지켜가겠노라 결심한 것이다.

손님들은 연달아 찾아왔다. 어디에선가 소식을 들어서 알게 된 것인가, 아니면 벽보를 본 것인가 심야개점을 축하한다고 말하며 선물을 갖고 오기도 했다. 고르 할아버지가 짐을 한가득 끌어안고 소란을 떨며 가게 안으로 뛰어들어 왔지만, 그 얘기는 뭐, 생략하자.

그리고 또, 도어벨이 울렸다. 그 주인공은 낯익은 그 사람이었다. 살짝 지친 것 같은 얼굴을 하고 있었다. 나는 웃는 얼굴로 그 사람을 맞이했다.

"어서 오세요— 아니, 다녀오셨나요."

## ■작가 후기

작가인 카자미 도리가 말하길.

"표지 일러스트의 리나리아는 웃는 얼굴보다는 조금 불만스러운 것 같은 얼굴 쪽이 더 감동적으로 와 닿지 않을까요?! 싫은 것 같지만 메이드복을 입고 부끄러워하는 느낌으로 하면, 표지가 더 생기 넘칠 것 같은데요. 아리마 씨는 어떤가요. 감동적이지 않습니까? 곤란한 얼굴."(원문 그대로)

담당편집자인 아리마 씨가 말하길.

"표지 일러스트는 작품의 얼굴이라고 할까요, 선전 포스터 같은 의미도 있으니까요. 좀 격식 있는 느낌의 이미지가 좋지 않을까 싶습니다. 대신 권두 삽화를 아이나와 함께 있는 장면으로 할 예정이니, 여기에서 곤란한 얼굴을 하는 것으로 하면 더욱 감동적이지 않을까 생각합니다만. 어떠신가요?"(원문 그대로)

저는 저도 모르게 무릎을 쳤습니다. 과연. 그게 더 좋겠네……라고 말이죠.

그러저러해서 완성된 u스케 씨의 일러스트로 표지를 장식한 3권은 변화와 선택에 대한 이야기입니다. 인생에서 변화는 빼놓을 수 없습니다. 그리고 유감스럽게도 도망칠 수도 없지요. 거기에서 우리가 할 수 있는 일은 변화에 대해 어떤 의지를 갖고 선택을 하느냐 하는 일뿐입니다.

3권에서는 주인공인 유우가 변화를 앞에 두고 선택을 해야 할 처지에 놓입니다. 하지만 그것이 옳은지 어떤지는 나중이 되어 보지 않으면 모르는 일이지요.

이번에도 일러스트레이터인 u스케 씨는 온힘을 다해주셨습니다. 토끼 마피아이니, 날달걀밥이니, 짱 귀여운 메이드복이니 하는 것들을 언제나 멋진 솜씨로 형상화해주셔서 그저 감사할 따름입니다.

그리고, 담당편집자인 아리마 씨를 비롯해 이 책을 내는 데 힘을 써 주신 분들, 무엇보다도 이 책을 읽어주신 독자 여러분께 감사의 인사를 올립니다.

2018년 4월 카자마 도리

## ■역자 후기

안녕하세요. 역자입니다.

개인적으로는 1권도 2권도 향긋한 커피냄새 혹은 풍성한 음식냄새가 따라오는 것 같은 느낌이었는데, 이번 3권은 그 후각적인 요소가 좀 덜 한 것 같습니다. 일종의 전환점, 이기 때문일까요. 그 때문에 이 작품 특유의 후각적인 세부사항까지 파고들 여지는 없지 않았다, 싶습니다.

작가님이 후기에서 한 문장으로 표현하셨듯이, 3권의 핵심적인 내용은 변화와 선택입니다. 때문에 흐름상 큰 전환을 맞이합니다. 주인공들이 자신들이 무엇을 목표로, 어떻게 살아갈 것인지를 정하게 되지요. 특히, 이세계에서 뚝 떨어졌기 때문에 이도저도 아닌 자세를 취하고 있던 유우가 강단 있는 결정을 내리게 됩니다. 일련의 일을 통해 끝내는 녹아들길 거부했던 이 세계에 뿌리를 내리는 쪽을 선택하기로 한 거죠.

유우의 그 선택을 알기 쉽게 예를 든다면, 아는 사람 하나 없는 외국에서 혼자 산다는 것이라고 할 수 있을 텐데 참 과감한 결단이 아닐 수 없습니다. 유학생들나 해외에 취업해 사는 사람들이 늦든 빠르든 향수병에 시달리는 것을 보면 잘 알 수가 있는 점이죠. 심지어 유우는 그나마 가족들과 만날 수도, 잠시나마 고향에 돌아갈 수도 없는 상태입니다.

그런 결단을 내린 유우의 행동력이 개인적으로 참 부러웠습니다.

사람이 살면서 나이를 먹다보니, 생활반경이 무진장 좁아지더군요. 맨날 다람쥐 쳇바퀴 돌 듯이 그러고 있으니, 때로는 새로운 곳에 가서 지내보고 싶다는 생각이 들 때가 있습니다. 실제로 몇 년 전에는 그 탈출 욕구가 과해져서, 일본에 가서 살다오고 싶다는 생각마저 한 적이 있었습니다. 그래봤자 비자가 없기 때문에 무비자 최장 90일 체류가 전부이겠지만, 그래도요. 여행이 아니라 그 곳에 가서 사는 것이라면 저 정도로 충분하지 않을까, 진지하게 그런 생각을 했습니다.

그랬는데 말입니다.

현실적인 문제들 몇 가지가 제 결심을 흔들어 놓더군요.

그것은 체류기간에 비해 집을 구할 때의 노동과 수고가 적지 않다는 것. 집을 구하고 이사하고 하는 물리적인 수고로움과 함께 이른바 초기비용이라는 금전적인 면 때문에 엉덩이가 무거워지고 말았습니다.

덕분에, 한 번 외국에 나가서 지내보고 싶다! 라고 생각한 것이 2017년 4월임에도 아직도 꿋꿋하게 한국에 있습니다(털썩).

그래서, 요즘에는 "나가 사는 것이 안 된다면 여행을 해보자, 그게 안 되면 근처 서울 나들이라도 종종 해보자." 라고 난이도를 좀 낮춰봤습니다. 그랬더니, 여행은 또 자리를 오래 비워야 하고 이것저것 생각할 것이 많아서 힘들고, 서울 나들이는 반대로 또 너무 쉬운지라, 정작 실행에 옮기기가 쉽지 않습니다.

난이도를 낮췄다면, 한 발이라도 내디뎌보는 뭔가 변화한 모습을 보여야 하는데, 늘 똑같은 모습을 하고 있습니다. 그런 점에서는 제 자신이 조금, 부끄럽습니다.

음. 자기성찰은 고만하고.

변화와 선택이라는 과정을 거치며 유우도 리나리아도 자신의 갈 길을 정했습니다. 이제 나아갈 길만이 남았지요. 그런 만큼, 이 뒤가 어떻게 될지 궁금합니다. 느낌상, 이대로 여운을 남기고 끝내도 이상하지 않아서 말이죠. 과연, 어떻게 될까요.

방과 후, 이세계 카페에서 커피를 3

초판 1쇄 발행 2020년 5월 10일

**지은이_** Kazamidori
**일러스트_** u-suke
**옮긴이_** 이진주

**발행인_** 신현호
**편집부장_** 윤영천
**편집진행_** 김기준 · 김승신 · 원현선 · 권세라 · 유재슬
**편집디자인_** 양우연
**국제업무_** 정아라 · 전은지
**관리 · 영업_** 김민원 · 조은걸 · 조인희

**펴낸곳_** (주)디앤씨미디어
**등록_** 2002년 4월 25일 제20-260호
**주소_** 서울시 구로구 디지털로 26길 111 JnK디지털타워 503호
**전화_** 02-333-2513(대표)
**팩시밀리_** 02-333-2514
**이메일_** lnovelpiya@naver.com
**L노벨 공식 카페_** http://cafe.naver.com/lnovel11



ISBN 979-11-278-5543-7 04830
ISBN 979-11-278-5215-3 (세트)

**값 7,800원**